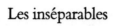

Les inséparables

Colas Gutman

Les inséparables

l'école des loisirs
11, rue de Sèvres, Paris 6e

ISBN 978-2-211-22965-4

© 2017, l'école des loisirs, Paris, pour la présente édition
dans la collection «Maximax»
© 2007, l'école des loisirs, Paris
Loi n° 49.956 du 16 juillet 1949 sur les publications
destinées à la jeunesse : septembre 2007
Dépôt légal : avril 2017
Imprimé en France par CPI Firmin Didot
à Mesnil-sur-l'Estrée (135311)

Édition spéciale non commercialisée en librairie

1

— Tu tournes la tête à gauche, puis à droite, et quand il n'y a personne, tu y vas. C'est quand même pas compliqué !

Maman a hoché la tête. Comme je n'étais pas sûr qu'elle me comprenne, je lui ai donné la main et on a traversé. Papa serait fier de moi. Quand il a déménagé, il m'a dit : « Simon, maintenant, c'est toi l'homme de la famille, alors veille bien sur ta maman et ta grande sœur. » Moi, j'étais content de devenir « l'homme de la famille ». Je me voyais déjà répondre au téléphone, ouvrir le courrier et regarder n'importe quoi à la télé, malheureusement, j'ai une grande sœur. Elle s'appelle Delphine.

— Et pourquoi ce ne serait pas moi l'homme de la famille ? elle a dit.

— Parce que tu es une fille.

— Ah ouais, c'est trop facile ça comme réponse.

Delphine n'aime pas que je la contredise. Elle m'a tiré les cheveux. Delphine a un an de plus que moi. Elle n'est pas plus forte, mais beaucoup plus coriace.

— D'accord, si tu veux, toi aussi tu es l'homme de la famille.

Delphine m'a dit : « Très bien » puis elle est allée regarder la télé : *SOS enfants perdus*. Une série pleine d'histoires horribles d'enfants en détresse qui nous fait bien rigoler parce qu'on sait que tout est inventé. Moi, je suis allé voir maman dans la cuisine. Je voulais lui demander quand est-ce qu'on verrait papa. Il habite chez Pierre, un copain à lui qui vit près de chez nous. Quand j'ai vu maman, j'ai su que ce n'était pas le moment de lui en parler. Sur la table, il y avait une énorme boîte de raviolis et un tas de haricots à écosser. La tête de maman passait mollement de l'une à l'autre.

— Qu'est-ce qu'on mange ?

— Je ne sais pas, j'hésite.

La dernière fois que maman avait hésité, on avait mangé une boîte de cassoulet froid à minuit. En tant qu'homme de la famille, j'ai pris les choses en main.

— Et si on allait au restaurant ?

— Bonne idée. Dis à Delphine de se préparer.

— Tu ne veux pas lui dire, toi ?

— Non, mon chéri, je n'ai pas la force.

Depuis que papa ne dîne plus avec nous, je ne suis pas le seul à craindre les colères de Delphine. J'ai frappé à la porte de notre chambre. Trois coups, puis deux. C'est un code entre nous.

— Qu'est-ce tu veux ?

— C'est moi, Delphine.

— Je sais que c'est toi...

— C'est maman, elle veut qu'on aille au resto.

— OK, mais chez le chinois, alors.

— OK.

Maman déteste le chinois, mais j'ai pensé qu'elle préférerait ça à une engueulade avec Delphine. Nous sommes donc descendus manger des nems.

2

C'est très curieux de croiser son papa au restaurant. Je ne l'ai pas vu tout de suite, c'est en allant aux toilettes que je suis tombé sur lui. Il était très étonné de me voir lui aussi. Il a bredouillé :

– Si... Si... Simon... T'es tout seul ?

– Ben non, je suis avec maman et Delphine.

– Ah, et elles vont bien ?

– Ben oui. Pourquoi ?

– Je ne sais pas... Comme ça.

Il était bizarre, papa, il me parlait comme s'il avait fait une énorme bêtise. Quand nous sommes sortis des toilettes, j'ai compris pourquoi. Une grosse femme très moche l'attendait avec un canard laqué dans son assiette. Papa m'a présenté :

– Pierrette, voici Simon.

– Simon, c'est Pierrette...

Papa me faisait des yeux comme si je la connaissais depuis toujours.

— Mais si, tu sais bien, Pierrette, je vis avec elle maintenant…

J'ai regardé la grosse dame qui avait du canard laqué entre les dents. J'ai tout suite eu envie de la tuer, mais je me suis comporté comme un homme. J'ai dit :

— Bon appétit, madame.

J'ai tourné les talons.

À notre table, Delphine piquait toutes les chips au crabe pendant que maman essayait de parler chinois au serveur.

Delphine qui me connaît bien s'est arrêtée de manger.

— Qu'est-ce que t'as ?

— Y a papa là-bas !

« Yapapa ! » a crié Delphine, le serveur a sursauté et la grosse dame et mon papa sont venus nous rejoindre.

— Bonsoir, Pierrette, a dit maman. Vous allez bien ?

— Et vous ? a répondu la grosse dame.

— C'est moi qui pose les questions, a dit maman.

Elle est forte, ma maman. Papa a dit : « Voyons, voyons », Delphine : « Mais c'est qui, Pierrette ? »

Maman nous a expliqué qui était la grosse dame,

en mangeant. Elle a dit que Pierrette était la nouvelle petite amie de papa.

— Et Pierre ? a dit Delphine.

— Pierre n'existe pas. Pierre, c'est Pierrette. De toute façon, vous l'auriez su bientôt parce que la semaine prochaine... Et puis vous verrez, Pierrette aussi a des enfants, ils sont très gentils.

3

Dans notre chambre avec Delphine, on a imaginé les enfants de Pierrette : des obèses avec des yeux de lapin albinos. Delphine riait beaucoup, j'en ai profité pour lui demander si je pouvais dormir en haut. Ma sœur est très sympa quand elle n'est pas méchante. Elle m'a laissé le dernier étage de notre lit superposé. Elle n'a rien demandé en échange. Elle l'a fait comme ça, gratuitement. Pourtant, je n'ai pas passé une bonne nuit. J'ai regardé le plafond et j'ai écouté Delphine pleurer. Je ne lui ai pas demandé pourquoi, je le savais. C'était à cause de Pierrette et de ses enfants albinos. Moi, j'ai retenu mes larmes.

L'homme de la famille, c'est moi, c'est papa qui me l'a dit.

4

Une semaine, ça passe très vite.

– Ici, c'est ma chambre !

Chez Pierrette, un porcelet à lunettes m'invitait à contempler sa porcherie. Papa n'était pas loin.

– Simon, tu vas donc dormir avec Hervé.

– Hervé ?!

– Ben oui, il s'appelle Hervé.

Qu'est-ce que c'est que cette famille : Pierrette, Hervé... Delphine est arrivée en pleurant.

– Je ne dormirai pas avec Marie-Neige !

Marie-Neige ? J'ai éclaté de rire. Pas papa.

– Tu sais, Marie-Neige est très gentille, et puis vous avez le même âge, je suis sûr que vous allez bien vous entendre.

J'ai regardé ma grande sœur chérie. J'avais l'impression qu'elle s'était pris une poubelle sur la tête. Ça ne s'est pas arrangé quand Pierrette a dit :

– Mais ici, c'est aussi chez vous, c'est votre nouvelle maison.

Avec Delphine, on s'est fait «les yeux de la guerre». Un truc qu'on a inventé pour les situations extrêmes. Plutôt que de réagir sur-le-champ et de dire tout et n'importe quoi à l'ennemi, on temporise. On s'envoie des informations par la pensée : «On a perdu une bataille, pas la guerre.» C'est ça, «les yeux de la guerre».

Dans la chambre de l'ennemi, Hervé m'a montré ses jouets : des petites voitures. Aucun jeu vidéo à l'horizon, que des miniatures de bolides faites avec ses doigts boudinés. J'ai pris sur moi et je lui ai dit :

– On fait une course ?

– T'es fou, ce sont des voitures de collection, tu peux les regarder, et encore !

Maman m'avait appris qu'avec les maniaques il fallait être prudent, ils peuvent être dangereux. Je me suis assis par terre et j'ai contemplé sa collection. J'ai pensé très fort à maman et aussi à Delphine, qui était dans la chambre voisine avec Marie-Neige. J'espérais qu'elle avait plus de chance que moi.

– Elle m'a mordue, elle m'a mordue !

Marie-Neige a débarqué dans le salon en se tenant l'avant-bras. J'ai souri. Delphine ne sait pas se tenir. J'ai reconnu la marque de ma grande sœur.

— Si ça se trouve, elle a la gale !

— La rage, a dit papa, puis il a ajouté : mais non, mais non.

Pierrette est allée chercher une bouteille d'alcool pour désinfecter la plaie. Delphine a fait son sourire d'ange et nous nous sommes retrouvés à table.

5

Chez Pierrette, on dîne dans la cuisine. Les murs sont jaunes, les chaises marron et les napperons orange. Ça ne donne pas faim du tout.

— Les enfants, je vous ai fait ma spécialité : la choucroute de ma grand-mère.

— Si c'est de votre grand-mère, c'est pas votre spécialité, j'ai dit.

Papa n'a pas apprécié. Il m'a ordonné de me tenir tranquille et de goûter au bon plat de Pierrette. J'ai souri à la dame et j'ai fait un clin d'œil à Delphine. Parfois, avec ma sœur, on fait des concours débiles. On a pensé que c'était le bon moment d'en faire un : « Celui qui mange le plus a gagné ! » Un classique. Delphine a mangé cinq saucisses wurst et moi trois tournées de chou blanc, Porcinet nous prenait pour des ogres. Marie-Neige, elle, se demandait qui lui donnait des coups de pieds sous la table. C'était moi, mais je ne le faisais pas exprès. Ma jambe bougeait toute seule, nerveusement. Je sentais qu'il allait se passer quelque chose d'important. Papa a pris la parole :

— Je tenais à dire à Pierrette : merci ! Merci de nous recevoir chez elle. Merci d'accueillir mes enfants, merci pour cette choucroute, merci, Pierrette !

Pierrette s'est mouchée puis elle s'est levée. Dans cet ordre, pas dans l'autre et c'est important. Si elle s'était levée d'abord, ça aurait voulu dire qu'elle était enrhumée et qu'elle ne voulait pas qu'on la voie se moucher. Mais, là, ça voulait dire qu'elle était tellement émue qu'elle devait se moucher sur place, puis partir vite dans le couloir pour ne pas pleurer devant tout le monde. C'est Delphine qui m'avait appris ce truc. Quand quelqu'un se mouche, c'est soit qu'il a un rhume, soit qu'il est ému. Il suffit de voir quand il se lève. Delphine a des théories bizarres sur tout, mais elles sont très fiables. Pierrette est revenue du couloir pour servir la mousse au chocolat, elle tentait une opération séduction. Les adultes partent du principe que les enfants adorent le chocolat et qu'il suffit de leur en donner pour être aimé. Ce n'est pas bête, sauf que

Delphine et moi, on ne nous achète pas avec du cacao.

Delphine, qui est très courageuse, a dit qu'elle n'aimait pas le chocolat, et moi je n'en ai même pas repris.

Pour le café, nous, les petits, comme dit Porcinet, nous nous sommes retrouvés dans la chambre de Marie-Neige. Elle et Delphine se sont lancées dans un concours de Je-me-mords-les-ongles-en-regardant-mes-doigts-de-pied. Moi, je me suis mis à interroger Porcinet.

— T'es myope ou astigmate ?

— Je ne sais pas.

— Ça fait longtemps que t'as des lunettes ?

— Je ne sais plus.

— Ça doit faire longtemps, alors…

— Pourquoi tu dis ça ?

J'ai laissé tomber. Après tout, je ne suis pas ophtalmo. Les filles n'avaient toujours rien à se dire, Delphine se balançait sur le lit de Marie-Neige, d'avant en arrière. C'était une déclaration de guerre : elle a vomi sur son lit.

6

En temps de guerre, les parents pansent les plaies.

– Beurk! a crié Pierrette.

– Tu as mal? C'est la choucroute, c'est ça? a demandé papa.

– Elle va nettoyer, a clamé Pierrette.

– T'inquiète pas, tu vas aller te coucher, a dit papa.

Porcinet m'a regardé. Il attendait peut-être lui aussi un mot de réconfort. J'ai tourné la tête vers Delphine qui pleurait. C'était la deuxième fois en très peu de temps. Je n'aime pas voir ma sœur pleurer, je préfère lorsqu'elle est sèche et méchante. Papa m'a fait signe de débarrasser le plancher, j'ai suivi Porcinet dans sa chambre.

Pour la première fois en dix ans, je n'allais pas dormir avec ma sœur. En général, j'aime bien la nouveauté, mais là, je la redoutais. J'entendais

Delphine au loin qui sanglotait et je voyais Porcinet enfiler un pyjama en velours caca d'oie.

— Tu ne te changes pas ?

— Non.

C'est vrai, je dors en caleçon et en T-shirt, comme papa.

— T'es sale !

— Quoi ?

— Je dis t'es sale, si tu te changes pas.

Parfois les gens me parlent et je préfère ne pas retenir. J'aurais pu étrangler Monsieur Propre sur-le-champ, mais mon instinct me disait plutôt de faire le mort. On se couche, on ferme les yeux et dès que l'ennemi vient vous renifler : Paf! vous le dégommez. Qu'il essaie de me sentir cette nuit, il verra bien Porcinet si je sens mauvais. J'ai reniflé mon T-shirt, il sentait bon le parfum de maman. Ce matin, elle nous avait serrés très fort, moi et Delphine. Elle nous avait dit : « Je penserai bien à vous. » J'espère que c'est vrai, en tout cas, moi, je ne l'oublie pas.

— Bonne nuit.

— Bonne nuit.

— T'éteins pas ? j'ai dit.

— Ben non, je dors avec la lumière.

Je n'ai rien dit. En général, le noir ne me fait pas peur, mais, dans une chambre ennemie, ce n'est pas pareil. Et puis je n'avais pas sommeil. Je me demandais si Delphine dormait ou si elle était en train de tirer les cheveux de Marie-Neige. Papa est entré pour me dire bonsoir.

— Alors t'es bien, bonhomme ?

Il a dû voir ma microscopique pomme d'Adam descendre et remonter, parce qu'il n'a pas insisté. Gloups, regloups. Papa m'a fait un sourire désolé, le même qu'il fait quand il n'a pas de monnaie et qu'il veut laisser un pourboire.

Il a pris sa voix grave : « Dans cinq minutes, vous éteignez ! »

C'est le problème de papa, il a toujours un train de retard. Il ne sait pas que Porcinet a peur du noir, que sa nouvelle copine est tarte et qu'elle a mis au monde deux mongoliens.

Je suis sûr qu'avec Delphine on trouvera un moyen de le lui dire.

7

Pas le matin, on n'a pas le temps. On a juste dit bonjour à la dame et au revoir tout le monde. Partir pour l'école, vite, ne plus voir ces têtes de gelée de cassis.

Ne pas en parler à maman. Pas un mot sur Marie-Neige, Porcinet et Pierrette. C'est Delphine qui en a eu l'idée : « On n'a qu'à les oublier, ils finiront par disparaître. » Moi, je n'y arrivais pas. Je n'arrêtais pas de penser à la tête de maman quand je lui raconterais tout.

Dans la cour, j'ai cherché Delphine avant de monter en classe. Elle discutait avec une grande fille brune à couettes. C'était bizarre parce que habituellement Delphine fait très attention à ne pas discuter avec n'importe quelle coupe de cheveux. Je me suis rapproché. Les couettes, c'était Charlene. Une fausse copine à elle. J'espérais que ma sœur garderait le silence sur notre nuit chez les débilos : les fausses copines, elles parlent trop. C'est alors que je l'ai vu. Il marchait dans la cour, la bouche grande ouverte. Il était le même que celui que j'avais quitté une demi-heure plus tôt. Porcinet, l'unique, Porcinet l'infâme. Que faisait-il là ? J'ai voulu prévenir Delphine, mais il était trop tard, elle aussi avait son problème : Marie-Neige l'avait rejointe. Je comprenais : les deux étaient dans notre école et on ne s'en était pas aperçus, l'horreur !

— Pourquoi vous nous avez pas attendus, ce matin ? a demandé Marie-Neige.

Ma sœur a une théorie : « En cas d'urgence : nier tout en bloc. » Delphine a regardé l'intruse comme si elle venait d'une planète lointaine.

— Qui c'est ? a demandé Charlene.

— Je ne sais pas, je ne connais pas cette fille, a dit ma sœur.

— Mais arrête, c'est moi, Marie-Neige… Marie-Neige Piechaud.

— Jamais entendu parler.

— Tu plaisantes, vous avez dormi chez nous hier.

— Mais bien sûr…

— On a même partagé une choucroute.

— Bon, ça suffit, a dit Delphine, maintenant tu nous laisses ou j'appelle un surveillant.

Elle sait y faire, ma sœur. Marie-Neige a tourné les talons. Moi, j'avais plus de mal à me débarrasser de son petit frère qui me bombardait de questions.

— T'es dans quelle classe ?

— CM1 – Mme Matton.

— T'es petit pour un CM1.

— J'ai sauté mon CP.

— À pieds joints ?

Porcinet faisait une tentative d'humour, évidemment ça ne marchait pas.

— Excuse-moi, faut que j'aille voir ma sœur, j'ai dit.

C'était vrai, il fallait que je lui parle du grand malheur qui nous arrivait. Mais, quand je l'ai retrouvée, je ne lui ai rien dit. On s'est juste fait «les yeux de la tristesse», les mêmes que ceux des labradors quand ils ne sont pas contents. On savait ce qui nous attendait : à l'école, une réputation se fait en plusieurs mois, et se défait en quelques secondes.

Heureusement, ils n'étaient pas dans nos classes, c'était déjà ça. Mais comment avait-on fait pour ne pas les remarquer? Un porcinet dans une cour de récré, ça ne se rate pas, une fille qui s'appelle Marie-Neige, non plus.

Delphine avait aussi sa théorie là-dessus : « Parfois, c'est tellement gros qu'on ne voit rien. » Et dire que notre père sortait avec leur mère ! Je savais que je ne pourrais pas garder ça pour moi. À mesure qu'on s'approchait de la maison, la vraie, celle avec maman à l'intérieur, je répétais dans ma tête : « Tu vois, maman, papa est avec Pierrette Piechaud, qui a des enfants débiles, qui sont dans notre école… »

– À quoi tu penses? m'a demandé Delphine.

Lorsque je regarde mes pieds, c'est que je réfléchis.

– À rien.

– T'es au courant que tu n'as rien le droit de dire à maman.

— Pourquoi ?

— Parce que ça pourrait lui faire du mal.

Delphine avait raison, une nouvelle fois. Elle mériterait presque d'être l'homme de la maison. Seulement c'était moi et j'allais bien me comporter, je le jure.

J'ai ouvert la porte, j'ai foncé sur maman et j'ai pleuré la tête la première dans son pull. Maman rigolait parce qu'elle sentait que je n'étais pas triste. Bien sûr, j'agissais plus en bébé Cadum qu'en homme de la maison, mais Delphine aussi était contente. On se retrouvait tous les trois depuis notre nuit épouvantable chez les Piechaud.

— Tu sais, maman Pierrette, elle est trop conne et puis sa mousse au chocolat est dégueulasse. En plus, ses enfants sont débiles, alors.

C'est Delphine qui parlait. Elle lâchait tout. J'étais le petit, celui qui était censé tout répéter à sa maman, mais c'est elle qui s'épanchait. En plus, pour la troisième fois en trois jours, elle pleurait. J'avais très envie de la taper, parce qu'elle avait trahi notre accord. Mais j'étais trop triste pour me battre et elle aussi. Nous avons regagné notre chambre, et nous avons conclu un pacte.

Delphine m'a expliqué qu'en peu de temps il peut se passer plein de choses. L'année dernière, par exemple, tata Pauline était allée à l'hôpital, puis elle avait guéri. Je m'étais foulé la cheville, puis j'avais couru un cent mètres. Je ne savais pas où elle voulait en venir, mais elle mettait au point, à coup sûr, une nouvelle théorie.

— Alors tu vois, je pense que les choses se font et se défont.

Delphine plissait les yeux pour lire dans mes pensées. Moi, je chantais dans ma tête : « Ainsi font, font, font les petites marionnettes… »

Delphine m'a dit : « Je crois que tu me comprends », puis elle s'est approchée de mon oreille et elle a ajouté :

— On va faire en sorte que papa se sépare de Pierrette.

Je suis devenu tout blanc et je lui ai serré la main. Marché conclu. On avait déjà fait des pactes débiles, mais celui-ci me faisait peur.

— Comment on va faire?

— Chaque chose en son temps, d'abord on n'a qu'à jouer, m'a dit Delphine.

Elle a joué à «Je te mets de la colle dans les cheveux». Un jeu dont elle raffolait depuis l'âge de quatre ans et qu'elle n'arrivait pas à arrêter. Puis maman nous a appelés dans le salon.

— Mes amours, elle nous a dit en s'asseyant. Je sais que ce n'est pas facile pour vous, mais vous êtes grands maintenant et vous pouvez comprendre. Avec votre père, on s'est quittés parce que ça n'allait plus entre nous. Mais l'important, c'est qu'on vous aime et que... (Maman avait les larmes aux yeux. Je guettais Delphine, il ne fallait pas qu'elle craque, sinon, je n'allais pas me retenir non plus.) Donc, a repris maman, ce que je veux, c'est que vous soyez contents ici et chez Pierrette. Parce que votre papa et moi, on vous aime et donc...

C'était louche, moi aussi je n'avais pas arrêté de dire à mon poisson rouge que je l'aimais, ça ne m'avait pas empêché de le mettre aux toilettes et de tirer la chasse, pour voir comment ça fait. Ma pomme d'Adam faisait à nouveau l'ascenseur dans ma gorge. En tant qu'homme de la maison, je devais montrer que j'étais fort.

– Je vais vous préparer le dîner ! Delphine, tu vas m'aider.

On a laissé maman sur son canapé et on est allés dans la cuisine.

Delphine a pris en charge les ingrédients et moi les proportions. Nous avons décidé de faire une pizza aux saucisses. Ce n'est pas facile à cause de la pâte. Delphine a sorti la farine, les œufs, le beurre et les saucisses. Elle a commencé à rouler la pâte. Seulement, je n'étais pas d'accord avec ses ingrédients. Je préfère l'huile au beurre. Je me suis approché d'elle avec une bouteille d'huile d'olive et ça a dégénéré. Delphine a voulu me l'enlever des mains, la bouteille est tombée sur le sol, le liquide s'est répandu sur le carrelage, Delphine a glissé dessus et elle a crié :

– Maman, maman !

Pour la quatrième fois en très peu de temps, elle a pleuré. J'ai pensé que c'était parce qu'elle préfère vraiment le beurre à l'huile, mais non. Un monsieur de SOS Médecins est venu. Il avait l'air très fatigué. Il a diagnostiqué une entorse et il a bandé la che-

ville de ma sœur malade. Ensuite, il s'est assis et il a
écrit sur une feuille que Delphine n'irait pas à l'école
demain et qu'il lui fallait du repos.

– Pas bouger, rester couché.

J'aimais bien ce monsieur, il parlait à Delphine
comme quand je joue avec elle à «Mais oui, t'es
mon chien-chien». Un jeu très drôle où celui qui
fait le toutou rapporte tout à son maître.

Le médecin est parti et, sans que je m'en aper-
çoive tout de suite, Delphine a commencé à jouer
à notre jeu préféré :

– Simon, apporte-moi un verre d'eau, Simon,
va me chercher une BD, Simon, je ne peux pas
marcher… Simon, sinon je le dis à maman !

Maman l'a laissée faire. Elle nous a commandé des
pizzas tièdes chez Pizza-pizza, qu'on a mangées sur
mon lit. Enfin, sur celui de Delphine, parce qu'elle ne
peut pas monter sur le sien à cause de sa cheville.

C'était la deuxième fois que je dormais en haut
et la deuxième fois que je passais une mauvaise nuit.
Je savais que le lendemain j'irais en classe tout seul,
je savais que demain j'irais seul chez Pierrette.

10

Avant de partir, Delphine m'a dit: «N'oublie pas notre objectif», j'ai dit: «OK». Je devais avoir l'air bizarre parce que maman a tenu à m'accompagner à l'école. Elle m'a donné la main, comme à un petit, cette fois c'est elle qui me protégeait. Elle était très attentive aux bonshommes qui passaient du rouge au vert, aux marques blanches sur le sol. Finalement, je n'avais peut-être pas à veiller sur elle, si elle s'occupait aussi bien de moi. Mais, au milieu d'un passage clouté, elle m'a lâché la main.

– Bon, allez, faut que je rentre voir ta sœur.

Et elle a fait demi-tour.

Je ne l'ai pas regardée, j'ai continué à traverser comme un grand, mais je me suis dit: «Si papa était encore avec maman, il serait à la maison avec Delphine, et maman me tiendrait toujours par la main.» Je me suis alors souvenu de mon objectif: remettre papa avec maman.

11

Comme je ne suis pas très grand, j'ai peu d'amis. Ma taille ne devrait pas compter, et pourtant si. Les grands ne me voient pas, et ceux qui mesurent comme moi sont encore au CP. D'habitude, je m'en fiche. À la récré, je reste avec Delphine, mais là je n'avais personne. Si je ne voulais pas de Porcinet ni de Marie-Neige dans mes pattes, je devais vite me trouver un copain. Des yeux, j'ai parcouru ma classe à la recherche d'un visage sympathique. J'en voyais deux : Mme Matton, notre maîtresse, qui a une tête de chouette, et un nouveau, Ferdinand Sardine, qui porte un nom bizarre et de grandes oreilles. Papa me répète souvent qu'il est simple de se faire des copains, moi je ne trouve pas. Si on n'a pas une balle au pied ou une console de jeux dans les mains, on n'est personne. Heureusement, j'ai d'autres qualités, je suis un saint-bernard, vous savez ces gros chiens de montagne qui aident les personnes ensevelies sous la neige. Eh bien, je suis comme eux. Même Delphine le dit : « T'es trop gentil. » Heureusement, je sens qu'avec Porcinet et Marie-Neige je vais progresser. Je suis sympa, mais pas débile.

J'observais Ferdinand Sardine : ses yeux remuaient dans tous les sens. Depuis que Mme Matton avait crié son nom pour faire l'appel, il n'allait pas bien, Sardine. Je le comprenais. Arriver en cours d'année dans une classe et s'appeler Sardine, c'est dur. Mais ce n'est pas pour l'aider que je suis allé à sa table. Je sentais que je pouvais m'en faire un ami.

— Salut, moi, c'est Simon.

Il se taisait.

— Toi, c'est Ferdinand, c'est ça ?

Il m'a semblé qu'il plissait le coin de ses lèvres, comme lorsqu'on est bébé et qu'on ne sait pas si on doit rire ou pleurer. Une sardine qui pleure à son premier cours, ça la fout mal. Je l'ai aidé en lui racontant l'histoire de la pizza aux saucisses. Il a adoré.

À la récré, on ne s'est pas lâchés. J'avais peur, lui aussi. Ma sœur n'étant pas là, n'importe qui pouvait venir nous attaquer. On se racontait n'importe quoi pour se donner du courage :

— Une fois, je suis monté sur la lunette des toilettes et je suis tombé.

– Eh ben, moi, une fois, je me suis brûlé avec un fer à repasser.

– Et moi je me suis coincé la main dans l'évier.

– Moi aussi, c'est dingue !

Parler d'accidents domestiques nous rapprochait. Ferdinand attendait qu'on vienne lui demander des comptes sur son nom de sardine. Moi, j'espérais juste que Porcinet et Marie-Neige ne nous trouveraient pas. Delphine a une théorie là-dessus. « Quand on redoute trop quelque chose, ça finit par arriver. »

– On te cherchait partout, a dit Porcinet.

– Ton père nous a dit pour Delphine, c'est dur, a ajouté Marie-Neige. Elle n'a pas trop souffert ?

– Ça va, j'ai dit.

– Si tu veux, on s'attend à la sortie.

Je n'ai pas répondu, j'ai attendu qu'ils partent. Ferdinand ne m'a posé aucune question sur eux, je ne lui ai pas demandé d'où venait son nom. C'est ça, être copains.

12

À l'école, on change souvent de matière, moi, je ne changeais pas de sujet : Pierrette, Porcinet et Marie-Neige : les trois petits cochons. Ferdinand Sardine a été excusé pour l'après-midi, il devait se rendre avec son papa à la mairie. Peut-être pour changer de nom ? J'essaierai de lui demander discrètement. Et Delphine ? Sûrement à la maison avec maman en train de la rendre chèvre : « Maman, apporte-moi du chocolat, maman, passe-moi la télécommande, maman, achète-moi un chat. » Trop forte, ma sœur. Je l'enviais. Ce soir, je serais seul à remplir notre pacte.

13

La honte, papa m'attendait devant la grille. La haine :
Porcinet et Marie-Neige se sont jetés sur lui.

— T'es venu, c'est trop sympa, a dit Marie-Neige.

Non mais comment elle parle à mon père, celle-
là ! Et Porcinet qui fouillait dans un sac à bonbons
que papa lui tendait. On se serait crus à la sortie de
l'école maternelle. Heureusement que Ferdinand
Sardine n'était pas là pour voir ça.

— Ça va, mon fils ? Alors ta sœur a eu un petit
problème ?

J'avais envie de dire : « Un petit problème, mon
cul ! » Mais on ne parle pas comme ça à son papa,
sans le risque de se prendre une baffe. J'ai dit :

— Oui, elle s'est fait une entorse.

— Heureusement, toi, tu tiens sur tes jambes,
hein, mon grand ?

Ça sonnait faux, comme un papa trop sympa.

Dans la rue, je traînais des pieds, C'est alors que j'ai entendu :

– Simon, dépêche-toi, tes frère et sœur t'attendent !

Je suis tombé à la renverse, j'ai glissé sur une feuille. Delphine aurait immédiatement profité de la situation pour se faire rapatrier chez maman. Moi, je me suis relevé et j'ai trottiné vers mes faux frère et sœur : Porcinet l'infâme et Marie-Neige tête à claques.

14

Je n'avais pas remarqué la moquette. Chez Pierrette, on enlève ses chaussures avant d'entrer. J'aime bien. C'est moelleux et doux. Ce qui l'est moins, c'est l'accueil. Pierrette m'a fait la bise, mais je sentais qu'elle se forçait. Elle a posé mon goûter sur la table et elle m'a dit :

— C'est tout ce que tu auras.

J'ai mangé mon petit-beurre en faisant très attention à ne pas mettre de miettes partout. Mon carré de chocolat, je l'ai gardé dans ma poche pour plus tard. À ma place, Delphine aurait crié qu'on voulait l'affamer, mais chacun sa technique. Je l'ai remerciée pour ce bon quatre-heures. Et je suis allé dans le couloir regarder les murs. Je sais, c'est bizarre, mais je ne savais pas où aller. Chez Pierrette, ce n'est pas comme chez maman. Il n'y a pas ma chambre, pas un grand salon où regarder la télé, non plus. Chez elle, c'est chacun son espace, moi je sens que ça va être le couloir. Ma pomme d'Adam s'est bloquée à nouveau. Je ne pouvais pas rester comme ça. Alors, je me suis dirigé vers la chambre de Marie-Neige.

Marie-Neige a le même âge que ma sœur, pourtant, j'ai l'impression qu'elle est beaucoup plus vieille.

Peut-être parce qu'elle porte des jupes plissées et un collier en fausses perles.

— Tu fais quoi?

— Ça ne se voit pas? Je me fais un nouveau collier. Tu veux m'aider?

— Pourquoi pas?

Une mauve, une rose, une mauve, une rose : la routine. J'ai sursauté. Le téléphone a sonné.

— Simon! c'est pour toi, c'est ta sœur! a crié Pierrette.

J'ai tremblé. Pourquoi est-ce qu'elle m'appelait? Et si c'était pour me dire qu'elle resterait chez maman à jamais? J'ai pris le combiné dans le salon et j'ai attendu qu'il n'y ait personne pour parler.

— Allô? Ça va?

— Bof, je n'ai plus rien à la cheville. Je vais devoir retourner en classe demain.

— C'est pour ça que tu m'appelles?

— Non. J'ai réfléchi. Il faut que t'observes Pierrette et ses monstres et que tu notes tout ce qu'ils font.

— Pourquoi ?

— Je pense que pour battre ses ennemis il faut apprendre à les connaître.

— Ça veut dire quoi ?

— Dans un premier temps, qu'il faut repérer leurs faiblesses.

— Je ne comprends pas.

— Bon, je te donne un exemple : quand on se bat, je te fais mal ?

— Oui.

— Et pourquoi je te fais mal ?

— Parce que tu me tires les cheveux.

— Exactement, et c'est parce que je t'ai observé avant : le cuir chevelu, c'est ton point faible. Tu comprends, maintenant ?

— Moyen.

— Laisse tomber, prends des notes, c'est tout ce que je te demande.

15

Pour observer la famille Piechaud, je suis retourné dans le couloir, un endroit stratégique. Personne ne fait attention à vous et vous pouvez tout voir. Je me suis adossé contre un mur, mon «cahier de guerre» sur les genoux. Pour tromper l'ennemi, je me suis mis à dessiner un diplodocus. Si jamais quelqu'un me demandait ce que je faisais, je pourrais toujours dire que je révisais ma préhistoire. Furtivement, j'ai vu des lunettes sur un nez. Ma première cible serait donc Porcinet, l'infâme. J'ai commencé à remplir mon cahier. Je notais donc ce qui me paraissait important : «19 h 15, Porcinet se gratte les fesses.» Puis : «19 h 17, Marie-Neige plie ses T-shirts.» Je ne savais pas ce que Delphine pourrait faire de ces informations, mais je remplissais ma mission. Papa m'a surpris, il a traversé le couloir. Comme il veut être sympa, il m'a dit :

— Ça va, bonhomme ?

Je n'ai pas répondu. J'en ai marre qu'il m'appelle «bonhomme», j'ai un prénom, c'est Simon. C'est même lui qui me l'a donné.

— Tu ne veux pas jouer avec le chef?

J'ai traduit par: «Tu ne veux pas construire des maquettes avec Porcinet?» Papa, dès qu'il est gêné, il appelle tout le monde «chef» ou «bonhomme», il accompagne souvent sa parole d'un clin d'œil. J'allais noter cette observation dans mon cahier, mais papa n'était pas un ennemi. Pas comme la grosse Pierrette qui arrivait.

— Ne reste pas là, tu bloques le passage, elle m'a dit.

Je me suis cramponné à mon «cahier de guerre», je me suis levé et je l'ai suivie en douce. J'ai fait semblant de chercher quelque chose à ses côtés.

Pierrette n'y a vu que du feu. À ses yeux, j'avais complètement disparu. Pourtant, j'étais juste derrière elle, en train d'épier ses moindres gestes.

Elle s'agitait beaucoup, Pierrette. On aurait dit qu'elle jouait au jeu de l'«aspirateur». Une invention de Delphine quand elle était petite. On prend un aspirateur, on l'ouvre, on retire le sac et on le déverse sur la moquette. Ensuite, on branche l'aspirateur et on réaspire le tout. C'est débile, mais très drôle. Pierrette avait l'air de faire pareil, sauf qu'elle ne jouait pas. À 19 h 25, j'ai noté sur mon cahier de guerre : « Pierrette parle à ses fleurs, Pierrette aime les fleurs. » Au bout d'un moment, elle m'a vu et m'a demandé :

— Qu'est-ce que tu veux ?

— Rien.

— Alors, reste pas dans mes pattes.

Parfois, les adultes vous disent des choses et vous avez envie de les taper.

Dîner sans Delphine, c'est horrible. On ne rigole pas, on ne s'échange rien sous la table, on ne s'engueule pas pour avoir du rab. J'ai tout de suite remarqué que Pierrette servait davantage ses enfants que moi. J'avais l'impression d'être dans un épisode de *SOS enfants perdus,* celui des mômes affamés. Sous la table, je le notai dans mon cahier.

– J'ai eu François au téléphone, il t'embrasse, a dit papa.

– Moi, j'ai croisé Monique, elle te salue, a répondu Pierrette.

– Nous pourrions dîner avec eux la semaine prochaine ?

J'avais envie de demander qui étaient ces gens, mais Pierrette m'a fait signe de ne pas les interrompre. J'ai regardé papa, il regardait le plafond. J'ai pensé à Delphine et à notre pacte. Papa reviendrait avec maman, le cauchemar finirait bientôt. Discrètement, j'ai ouvert mon cahier sous la table. Mon diplodocus me souriait, je regrettais la préhistoire. À l'époque, il ne devait pas y avoir d'êtres humains et encore moins de papas qui partent s'installer chez des grosses vaches.

Après le repas, Pierrette nous a fait jouer à un jeu de son époque : le Monopoly. Porcinet ne comprenait pas les règles : il pleurait dès qu'il passait sur la case Prison. Il répétait sans arrêt qu'il préférait jouer à ranger ses voitures. Marie-Neige, elle, n'arrêtait pas de demander quand on irait se coucher pour être en forme pour l'école. Seuls papa et Pierrette avaient l'air de s'amuser.

À 23 h 15, avant de me coucher, j'ai noté : « Delphine, tu me manques énormément. »

17

0:45 : Je n'arrive toujours pas à dormir. Porcinet parle en dormant. Il dit : « Papa, je veux mon papa. »

0:50 : Je regarde par le trou de la serrure de la chambre de Marie-Neige. La lumière est allumée, elle ne dort pas, je la vois écrire dans un carnet.

1:00 : Je vais faire pipi.

1:03 : Marie-Neige écrit toujours.

1:10 : Je me demande bien quoi.

1:11 : Je me le demande toujours.

1:15 : Je tente une opération commando, j'entre dans la chambre de Marie-Neige.

1:15 et 2 secondes : Marie-Neige crie « AAAAH ».

1:15 et 4 secondes : Je lui dis : « Pardon, je me suis trompé de porte. »

1:15 et 30 secondes : Je regarde à nouveau par le trou de la serrure.

1:16: Marie-Neige range son carnet dans un tiroir qu'elle ferme à clef.

1:17: Elle met la clef sous son oreiller.

1:18: Je retourne me coucher.

18

Dans la cour, ma sœur faisait semblant de boiter. Très forte. Même quand elle n'a plus mal, elle se débrouille toujours pour se faire chouchouter. Je lui ai montré mes notes de guerre et mon dessin de diplodocus.

— Je ne comprends rien à ton écriture de mouche. C'est en code?

— Non.

— Et puis qu'est-ce qu'il fait là, cet âne?

— C'est un dinosaure.

— J'ai compris, ils t'ont contaminé! C'est Marie-Neige, c'est ça? T'as fait des colliers de perles avec elle?

— Euh, oui.

— Et t'es tombé amoureux?

— Mais non, pas du tout, qu'est-ce que tu racontes?

– Alors tu peux m'expliquer pourquoi tu es aussi niais : «Delphine, tu me manques énormément», et pourquoi pas «Maman, j'ai peur» pendant que tu y es !

– Mais...

– Mais rien du tout, il faut te ressaisir et noter des informations utiles, qu'est ce que tu veux que ça me fasse que Pierrette aime les fleurs ? Ça ne va pas ramener papa à la maison.

Delphine n'avait pas tort, mais je trouvais ça injuste. Je lui ai repris le cahier des mains. Tant pis, je ne lui montrerais pas la page où je parlais du carnet de Marie-Neige. Si elle voulait des infos, elle n'avait qu'à me les demander poliment ! En tout cas, notre conversation avait attiré l'attention.

– Ça va mieux ? Ça ne te fait pas trop mal ? Tu sais, j'ai pensé à toi hier.

C'était Marie-Neige. Porcinet, lui, fixait sans relâche la cheville de Delphine comme s'il n'en avait jamais vu.

– Barrez-vous ! j'ai dit.

Delphine s'est tournée vers moi.

– Non mais t'es pas un peu malade de parler comme ça !

– Mais je croyais que...

– Que quoi? Ils me demandent comment je vais, t'es dingue ou quoi!

Je ne comprenais pas ma sœur. Certes, elle me faisait « les yeux qui plissent ». Un genre de clin d'œil à elle. Seulement, je ne voyais pas pourquoi elle sympathisait avec l'ennemi.

Delphine m'a dit tout bas:

– Il faut être sympa avec eux, ils peuvent peut-être nous renseigner sur leur mère.

– Quoi, sur Pierrette?

– Ben oui. La consigne, c'est: « Tout doux. » On observe, on ne bouge pas, tu comprends?

– D'accord.

J'obéissais en brave soldat. Nous faisions un énorme sacrifice. Passer la récré avec Marie-Neige et Porcinet devrait être interdit par le règlement intérieur de l'école, tellement c'est triste.

En deux secondes. La fausse copine de Delphine est devenue sa vraie ennemie.

— Tu parles encore avec ces débiles ? a dit Charlene.

— Je te signale que ces débiles sont mes amis, OK ?

— Mais alors... Toi aussi, t'es une débile.

— Tu veux mon poing dans ta gueule ? a demandé Delphine.

Efficace. Charlene est repartie d'où elle était venue en criant vengeance.

Marie-Neige et Porcinet, eux, regardaient ma sœur comme si elle venait de décrocher son diplôme de vétérinaire. Ils étaient admiratifs. Moi, j'espérais juste qu'elle savait ce qu'elle faisait.

Quand on est rentrés chez nous, maman fixait Édouard, notre nouveau poisson rouge. Je voulais lui demander comment ça allait, mais Delphine m'en a empêché en lui racontant sa journée.

— J'ai eu un treize en calcul et un deux en gym, parce que j'avais oublié mes affaires…

— Eh bien moi… j'ai dit.

Je me suis arrêté là. J'ai vu que maman se retenait de pleurer et que ce n'était pas à cause des notes de ma sœur.

J'ai tiré la manche de Delphine pour qu'on aille dans notre chambre.

Pendant que Delphine testait de nouvelles formes de torture sur mes orteils, j'ai pensé à Ferdinand. Je me demandais pourquoi il avait intégré ma classe au milieu du trimestre. Quand j'ai posé la question à Delphine, elle m'a répondu :

— C'est évident. Ses parents ont divorcé, il a dû déménager et changer d'école.

J'étais triste pour Ferdinand. Bien sûr, j'en connaissais, des enfants de parents divorcés. Ils ont l'air comme les autres, mais changer d'école, ça doit être l'horreur. Et puis si ça se trouve Ferdinand ne voit plus son père ou sa mère. Si ça trouve ça va nous arriver...

— Faut que je te parle de la suite des événements.

Quand Delphine a terminé, je voulais qu'on soit demain. Parce que demain on va chez Pierrette et que demain on passe à l'attaque.

21

Le plan de Delphine était aussi tordu que ses doigts de pieds. Elle m'a expliqué qu'il fallait ramollir l'ennemi pour mieux l'attaquer. Pour cela, nous devions être «tout doux» et «tout gentils» avec tout le monde. Je ne pensais pas vraiment que ça pouvait marcher, mais, comme je n'avais rien de mieux à proposer, j'étais d'accord pour essayer. En plus, jouer aux enfants modèles, ça pouvait être marrant. Dans la rue, Delphine m'a demandé :

— T'as combien ?

J'ai regardé dans mes poches, j'avais à peine de quoi m'acheter un demi-chewing-gum.

— Ça ira, elle m'a dit. J'ai repéré ce qui nous intéresse.

Nous sommes entrés chez un fleuriste.

— Bonjour, madame.

– Bonjour, les enfants, qu'est-ce qui vous ferait plaisir ?

J'ai posé mes cinq centimes sur son comptoir et j'ai dit :

– On voudrait « ça », en fleurs.

La fleuriste a dit qu'avec « ça » on n'aurait que quelques ronces. Et elle s'est mise à rigoler. Mais nous, on est plus forts. On a dit :

– On veut les roses, celles du fond, qui sont moches et toutes fanées.

La fleuriste a regardé vers là où on indiquait. Delphine a ajouté :

– C'est pour notre mère, elle est malade.

La dame a eu tellement honte de ses fleurs qu'elle nous a donné des roses fraîches et nous a priés de déguerpir.

– Oh merci, c'est tellement gentil !

C'est papa qui a ouvert la porte. Pierrette était descendue acheter du pain.

– C'est pas pour toi, c'est pour Pierrette !

– Oh mais c'est encore plus adorable, alors.

J'ai fait les yeux de la guerre à Delphine, ceux qui disent : « On est trop forts », et puis Marie-Neige et Porcinet sont venus voir ce qui se passait. Papa leur a expliqué que, « nous », ses enfants, avions offert des fleurs à « elle », leur maman.

– C'est très sympa, a dit Marie-Neige.

– Moi, je sais en faire de fausses en plastique, a dit Porcinet.

– Tu les as bien choisies, Delphine, elles sont très belles, a ajouté Marie-Neige la débilos.

Pierrette est rentrée. Quand elle a vu les roses, elle a dit qu'elle préférait les tulipes, mais que c'était gentil quand même. Elle nous a fait un bisou à chacun :

l'horreur. J'ai amené Delphine dans le couloir et je lui ai demandé si elle était sûre de ce qu'on faisait.

— T'inquiète pas, frérot, on va avoir sa peau, mais va falloir que tu sois très fort.

23

Pierrette avait résisté au coup des roses, elle ne résis-
terait pas à celui du «petit fatigué». Une chose que
je ne faisais plus depuis longtemps et pourtant,
devant le regard médusé de Porcinet et Marie-
Neige, je me suis blotti contre Pierrette. Je n'avais
pas le souvenir d'avoir fait quelque chose d'aussi
dégoûtant de toute mon existence. Je bâillai dans ses
bras. Je ne sais pas qui était le plus gêné de nous
deux. Pierrette répondait aux sourires attendris de
papa, tandis que Delphine se retenait d'éclater de
rire. Ses deux enfants ont voulu jouer à chat. Pas au
jeu qui se pratique dans les cours de maternelles.
Non, ils sont venus jouer aux chatons qui se blottis-
sent contre leur maman. Moi-même, je faisais partie
de la portée. Nous étions tous les trois serrés contre
Pierrette. Je n'ai pas pu faire autrement. J'ai pensé à
ma maman et j'ai pleuré.

– Qu'est-ce qui ne va pas, mon chaton ? a demandé papa.

Je ne pouvais rien dire, j'ai repoussé les deux autres et je me suis réfugié dans le couloir. Delphine est venue à mon secours.

– Arrête de pleurer, tu vas inonder les voisins.

– Je m'en fous. Il est débile, ton plan.

– Mais non, l'ennemi est ramolli, ça va marcher.

Pour la première fois depuis des années, je ne la croyais pas. Mais je ne voulais pas le lui dire de peur d'avoir encore plus mal.

24

Ferdinand se balançait sur un banc dans la cour.
Depuis qu'il était arrivé, il ne s'était pas fait beaucoup
de copains. Parfois, il parlait à un ou deux types, mais
c'était comme s'il discutait avec des moineaux. Les
gens ne restaient pas longtemps autour de son banc.
Je le plaignais, Ferdinand. Sa mère devait le garder
un jour sur deux et son père devait lui aussi avoir
une ignoble Pierrette.

J'ai passé toute la journée à ses côtés sans lui parler. Parfois, je lui faisais des sourires en coin auxquels
il me répondait en louchant. C'était notre façon de
ne pas trop prendre les choses avec sérieux. Parce
qu'après tout nous n'étions pas dans un épisode de
SOS enfants perdus.

Avant de le quitter, devant la grille, je lui ai
demandé :

— Toi aussi, tu rentres chez ta mère ?

– Ben oui, pourquoi ?

– Moi aussi, c'est chouette, non ?

Ferdinand avait l'air surpris. Sûrement parce qu'il ne se doutait pas que je connaissais son secret. Maintenant, je crois qu'il sait que je sais.

25

Delphine m'attendait. Sur le chemin, elle m'a expliqué la dernière étape de son plan : frapper l'ennemi, maintenant que celui-ci était bien ramolli.

— Tu sais, j'ai réfléchi. Il n'y a qu'une chose à faire, elle m'a dit.

— Ah, et c'est quoi ?

— Être nous-mêmes.

— C'est-à-dire ?

— Insupportables.

C'est vrai, même papa et maman s'accordaient là-dessus. Pierrette ne tarderait pas à s'en rendre compte et elle nous haïrait. Du coup, elle demanderait à papa de choisir entre « elle » et « nous ». Papa nous choisirait « nous », ses enfants, plutôt qu'« elle », la grosse. Et il reviendrait avec maman. CQFD.

26

Après la théorie, la pratique : Delphine est devenue insupportable. Elle a commencé par un grand numéro de : « J'ai le droit de regarder la télé si je veux ! » Comme papa n'était pas là, elle a dû affronter Pierrette.

— Mais puisque je n'ai pas de devoirs !

— On ne regarde pas la télé à cette heure-là.

— Et pourquoi, d'abord ? a demandé Delphine.

— Parce que c'est comme ça et que c'est moi qui décide, a dit Pierrette.

— Ah ouais ? a dit Delphine.

Et ma sœur a allumé la télé.

— Delphine, éteins-moi ça tout de suite !

— Non.

— Delphine, je ne vais pas te le répéter deux fois.

— Pourtant, vaudrait mieux : une seule ne va pas suffire.

J'adore ma sœur quand elle tient tête à plus grand qu'elle. Elle est horriblement têtue.

– Delphine, je compte jusqu'à trois : un, deux… trois !

Et paf, le coup est parti. Pierrette l'a giflée. Ça l'a tellement surprise, Delphine, qu'elle n'a même pas pleuré. Elle a juste dit :

– Mais elle est dingue, cette folle !

Et elle a couru se réfugier dans le couloir.

Je connais l'endroit. Je l'ai rejointe. Habituellement, Delphine me console parce que c'est moi le petit, mais je sentais que je devais faire comme m'avait dit papa : être « l'homme de la famille » même si on n'était pas chez maman.

– Elle va le payer, tu vas voir, je lui ai dit.

Je me suis arrêté de parler parce que Marie-Neige est venue lui apporter un mouchoir. Delphine l'a remerciée sincèrement, en s'essuyant le nez. On devait avoir l'air bizarres comme ça, accroupis dans le couloir.

J'ai serré la main de Delphine comme j'avais fait avec maman pour traverser la rue. Je protégeais ma grande sœur. Et, cette nuit, je la vengerais.

27

Quand papa est rentré et qu'il a vu la tête de Delphine, il lui a demandé ce qui n'allait pas. Delphine
qui pourtant adore mentir s'est empressée de lui
dire la vérité. Elle a désigné Pierrette et elle a dit :

— Elle m'a tapée.

— C'est vrai ? a demandé papa.

— Pas vraiment, a rétorqué Pierrette.

Ils sont partis dans leur chambre. On est allés
écouter à leur porte. On n'entendait pas très bien,
mais papa semblait dire que lui ne frapperait jamais
ses enfants. Je ne sais pas s'il parlait de nous ou des
enfants de Pierrette, en tout cas, ça a jeté un froid.
On n'entendait plus rien. J'ai pensé que c'était
gagné. Quand on boude, on ne se parle plus. J'ai dit
à Delphine qu'il était temps de faire nos valises,
qu'on allait rentrer chez maman avec papa.

Mais, quand il a ouvert la porte, il a articulé :

— Ici, tu es chez Pierrette, ce n'est pas comme chez maman. Ici, c'est elle qui commande, tu comprends ?

Delphine a très bien compris, elle s'est mise à pleurer sur-le-champ. Marie-Neige a voulu une nouvelle fois s'approcher de ma sœur. Je ne l'ai pas laissée faire. Les pleurs, c'est une histoire de famille.

28

Par solidarité avec Delphine, je n'ai pas touché à mon assiette.

– C'est pas bon.

– C'est dégeu.

– J'en veux pas.

– Moi non plus.

Pierrette nous souriait, l'air de dire : « Vous me le paierez un jour. » Papa, lui, ne comprenait rien.

– Mais pourtant vous aimez ça, les spaghettis !

– Non !

– Mais, chez maman, vous n'arrêtez pas d'en manger !

– Chez maman, c'est pas pareil, elle nous les prépare avec amour.

Je ne sais pas d'où je sortais ça, sûrement d'une pub à la télé. En tout cas, ça n'a pas plu à papa. Il m'a fixé comme si j'allais me prendre une baffe. Et

puis, finalement, il s'est décidé, il me l'a donnée !
Extérieurement, j'ai pleuré, mais intérieurement, j'ai
rigolé. Je me suis dit : Pierrette va traiter papa de
menteur ; il dit qu'il ne gifle jamais ses enfants, ce
n'est pas vrai ! J'ai senti que j'avais le droit de sortir
de table : le privilège des enfants battus. J'ai digéré
ma baffe dans la chambre de Porcinet. Je me suis
endormi sur mon lit. Je me suis réveillé pour écrire
dans mon cahier :

2-32 : Porcinet parle encore de son papa en dormant. Il dit : « Papa, papa, mon papa... » Je décide de
le bâillonner pour pouvoir dormir.

2-40 : Porcinet hurle au secours, j'ai raté mon
approche. Je l'ai réveillé.

2-41 : Tout le monde arrive, je referme mon
cahier de guerre, ça va barder.

— T'as pas honte ? m'a demandé papa.

— Si, j'ai dit.

J'avais surtout honte de n'avoir rien fait qui
puisse ramener papa chez maman. Je ne m'étais pas
attaqué à la bonne personne

— Allez, serrez-vous la main, m'a dit papa.

J'ai fait pire. Je lui ai demandé pardon.

De toute manière, je savais que lui ou Pierrette
me le demanderaient. Autant anticiper.

Porcinet était ravi, il m'a demandé :

— On est copains ?

Je n'ai rien dit. Delphine m'a fait un clin d'œil. Pour elle, j'étais sur le bon chemin. Être insupportable, elle connaît bien.

Le lendemain, Pierrette et papa nous souriaient. Delphine, qui comprend tout, a demandé :

— Vous avez quelque chose à nous dire ?

Papa s'est raclé la gorge et Pierrette a ajouté en chantonnant :

— Non, non.

— Bien, a dit Delphine. Nous, faut qu'on y aille.

— Attendez. Avec Pierrette, on voulait vous dire qu'on s'aime. Voilà, c'est tout. Vous pouvez partir.

Répugnant ! On ne l'a pas dit, mais on l'a pensé. Non mais pour qui ils se prennent, ces deux-là ! C'est quoi, ce grand déballage ? En plus, on s'en fiche, nous. On s'est mis à marcher très vite dans la rue. Et puis, en passant devant une boulangerie, Delphine m'a dit :

— Ils veulent nous mettre la pression psychologique.

— Quoi ?!

— Tu sais ce que c'est que la pression ?

— Pas vraiment.

Delphine m'a expliqué :

– Tu mets un obèse sur une fourmi, c'est ça la pression.

– OK.

– Bien. Maintenant, imagine un cerveau de la taille d'un éléphant qui nous écrase. C'est ça, la pression psychologique.

Moi, en tout cas, je croyais que papa et Pierrette nous disaient qu'ils s'aimaient pour nous dire : « On a gagné. Vous pouvez toujours tenter de nous séparer, ça ne marchera pas : on s'aime. »

Avec Delphine, nous étions sûrs de la même chose. On n'aime pas forcément pour toujours. La preuve, papa n'aimait plus maman, moi je n'aimais plus les dessins animés et Delphine n'aimait plus son jean à trous. Rien n'était joué. Rien n'était pour toujours.

29

— Combien de temps tu penses que papa va rester avec Pierrette ?

— Trois mois.

— Tu crois ?

— J'en suis certaine.

Delphine avait la théorie des chiffres. Dès qu'un truc n'allait pas, ça durait trois quelque chose : minutes, heures ou mois. J'aimais bien sa théorie. Elle donnait des limites au malheur.

Le soir venu, nous avons décidé d'inverser la pression psychologique.

— Delphine, va te laver ! a dit papa.

— Non.

— Delphine, mange !

— Non.

— Delphine, range tes affaires !

— Non.

– Simon, arrête de faire comme ta sœur!

– Non.

Pierrette et papa ne s'y attendaient pas. Ils ont tenté une parade en essayant de ne plus nous donner d'ordres. Mais nous étions trop forts. Delphine essuyait systématiquement ses pieds sur le canapé et moi j'éteignais sans arrêt les lumières de la maison.

– Simon, rallume!

– Non.

– Delphine, dis à ton frère de rallumer!

– Non.

– Delphine, enlève tes pieds!

– Non!

Il ne leur restait plus qu'à utiliser la force, s'ils voulaient qu'on se comporte correctement. Pierrette avait l'air d'accord, mais papa a eu une autre idée. Ils en ont discuté entre grands dans la cuisine. Avec ma sœur, on est spécialistes des coups bas, alors, quand on les a entendus chuchoter, on a eu peur. Le chuchotement, chez les adultes, ce n'est pas bon signe. Ça veut dire que les enfants ne doivent pas écouter. Et s'ils ne doivent pas écouter c'est parce qu'il y a de fortes chances qu'ils parlent de vous. On a été convoqués l'un après l'autre. D'abord Delphine. Quand je l'ai vue ressortir avec sa tête de petite fille qui vient de

perdre ses parents dans la forêt, j'ai compris que papa
avait frappé fort. À mon tour, j'y suis allé. Papa m'a
souri pour m'annoncer la nouvelle.

— Tu vois, mon chéri, avec Pierrette, on a réfléchi.

Réfléchir avec Pierrette c'est un peu comme
jouer au foot sans ballon, mais je n'ai rien dit.

— Donc on a pensé que, pour ton bien et celui
de Delphine, il vaudrait mieux vous séparer. Vous
ne viendrez plus en même temps chez Pierrette.

Je saisissais pourquoi ma sœur n'avait pas crié
sur-le-champ. Elle avait dû se sentir paralysée
comme je l'étais à l'instant. Impossible d'ouvrir la
bouche ou d'émettre le moindre son. J'ai juste
bougé la tête pour faire signe que j'entendais. Je
crois que j'ai même souri, mon instinct me disait
d'être gentil. Avec un peu de chance, ce n'est pas
moi qui commencerais à aller seul chez Pierrette.

Je suis passé devant la chambre de Marie-Neige,
j'ai entendu des chuchotements, je crois que la débilos à serre-tête essayait de réconforter ma sœur. La
pauvre, ce qu'elle devait subir !

30

Dans mon lit, j'ai pensé à une grande phrase de papa : « Quand tu seras grand, tu seras indépendant. » Ça voulait dire qu'un jour je pourrais faire des choses sans son avis. Pour l'instant, ça voulait surtout dire : « Tant que tu es petit, tu m'obéis. » Je me suis demandé si Ferdinand Sardine, lui aussi, devait obéir à son papa. Si lui aussi devait se séparer de sa sœur. Je me suis dit qu'il faudrait que je lui en parle un jour, même si, les copains, je n'aime pas les déranger avec des choses tristes.

31

Devant la grille de l'école, Ferdinand m'attendait.

— Sept fois neuf?

— Je ne sais plus.

— T'as pas révisé?

— Non.

— T'as pas eu le temps?

— Non, ce n'est pas ça.

— T'as un problème?

Je ne sais pas ce qui m'a pris. Pour la première fois depuis que je connaissais Ferdinand, je lui ai parlé vraiment. J'ai dit : «Mon problème, c'est que Pierrette est une salope, Marie-Neige une débile, Porcinet un rien du tout et que mon père aime une vache.» Ça m'est sorti comme ça, devant les yeux tout doux de Ferdinand qui ne comprenait rien à ce que je lui racontais.

— Ah bon?

— Quoi, «ah bon?» c'est tout ce que tu as à me dire?

— Ben oui. Mais la vache, c'est qui?

— Ben, Pierrette : c'est une vache-salope, une nouvelle espèce.

— Et c'est à cause d'elle que tu n'as pas révisé tes maths?

— Si on veut, oui.

D'un coup, j'ai eu un doute. Est-ce que j'avais choisi le bon copain? Il avait toujours l'air sympa, mais, pour un enfant de divorcés, j'avais l'impression qu'il ne comprenait pas bien la situation. Peut-être qu'il était comme moi, qu'il n'aimait pas se confier. Ou bien peut-être qu'il avait capitulé, qu'il ne passait plus son temps à tenter de remettre son père avec sa mère. J'ai voulu en avoir le cœur net.

— Toi, la nouvelle copine de ton père, elle est sympa?

J'ai vu Ferdinand serrer les mâchoires et fermer les poings.

— J'ai dit quelque chose qu'il ne fallait pas?

— Pourquoi tu dis ça?

— J'essaie juste de savoir comment tu vis tout ça.

— Quoi, tout ça?

— Ben, le divorce et tout, le fait de changer

d'école. D'habiter un jour chez l'un, un jour chez l'autre.

Ferdinand a éclaté de rire. J'avais l'impression qu'il allait faire comme les « méchants » dans les films : ils rigolent un bon coup, puis ils s'arrêtent net pour vous tirer une balle dans le dos. Ferdinand ne m'a pas tué.

Il m'a expliqué que ses parents étaient toujours ensemble, qu'il avait changé d'école parce qu'ils avaient déménagé, qu'il était fils unique, et qu'il fallait qu'on se dépêche pour ne pas rater le contrôle de maths.

32

Maman est venue me chercher.

Papa l'avait appelée. Ils avaient discuté de nous au téléphone. Je reconnaissais son sourire, c'était le même qu'elle me faisait quand je voulais un nouveau jeu et qu'elle ne voulait pas me l'offrir tout de suite.

— Tu sais, je crois que ton père a raison. Et puis moi, ça me fait plaisir de t'avoir pour moi toute seule à la maison.

Moi, ça me faisait surtout bizarre. Je me demandais ce que j'allais faire avec maman, sans Delphine ni papa. Peut-être qu'on irait au restaurant tous les deux. Maman m'a donné la main pour traverser la rue comme si j'étais son petit bout de chou. Je lui ai serré les doigts, parce que, plus que jamais, l'homme de la famille, c'était moi.

Je ne savais pas comment me comporter, alors j'ai fait comme papa quand il était encore à la maison : j'ai ouvert le journal et je l'ai lu.

Maman a dit :

— Qu'il est mignon, mon petit homme.

Et puis elle a dit qu'elle allait appeler Delphine pour voir comment ça allait.

— Tu me la passeras ?

— Bien sûr.

Maman devait la déranger, parce que leur échange a été très bref.

— Ça va mieux, ta cheville ?

— Oui. Passe-moi Simon, s'il te plaît.

Maman m'a tendu le combiné.

— Allô, Simon, écoute-moi bien. Marie-Neige tient un cahier, peut-être un cahier de guerre comme le nôtre, elle le range dans un tiroir qu'elle referme à clef. Je vais voir où elle cache cette foutue clef. Je ne te parle pas longtemps, parce que je crois que Pierrette m'écoute. En tout cas, je t'embrasse, frérot. La victoire est proche !

Delphine était aussi excitée que lorsqu'elle avait remporté le championnat interdépartemental de gymnastique. Je l'imaginais faire de petits sauts de kangourou chez Pierrette. Moi, j'avais les jambes lourdes.

Je pensais qu'un jour ou l'autre Delphine apprendrait que je lui avais caché l'existence du cahier de Marie-Neige. En période de guerre, la rétention d'information peut être considérée comme un acte de haute trahison.

33

Je me suis retrouvé seul dans notre chambre. Delphine n'était pas là pour me donner des ordres. J'ai voulu rattraper le temps perdu. J'ai rampé sous son bureau et j'ai ouvert son coffre en osier. Tous les jouets auxquels je n'avais pas eu le droit de toucher quand j'étais petit m'appartenaient pour la soirée. Sa poupée qui pète, son Frisbee à paillettes, son bateau lance-missiles et même sa poudre magique à la fraise. J'ai mis un peu de poudre dans ma main, j'ai croisé les doigts et j'ai compté jusqu'à trois. Ensuite, j'ai répété deux fois à la poupée qui pète : «Fais que papa revienne avec maman», je ne savais pas si ça servait à grand-chose, mais je pouvais toujours essayer. Maman est venue me dire bonsoir. J'avais très envie qu'elle me lise une histoire mais je ne lui ai pas demandé. L'homme de la famille ne fait pas ça.

— Tu ne dors pas dans le lit de Delphine ?

— Non, pas ce soir.

Je voulais dormir dans mon lit, celui que je connais depuis que je suis tout petit.

— Attends, je vais te border.

Je n'ai pas su résister. Je me suis laissé faire comme un gamin. Maman m'a empaqueté dans ma couette et j'ai fermé les yeux. Je ne lui ai pas dit, mais alors qu'elle sortait, j'ai promis de lui ramener papa à la maison.

34

Pendant la nuit, j'ai essayé de rentrer en contact télépathique avec Delphine. Elle m'avait appris comment faire pour mon anniversaire de sept ans. Il faut:

1. Froncer les sourcils.

2. Penser très fort à ce qu'on veut dire.

3. Compter jusqu'à huit.

4. Vérifier le lendemain auprès d'elle si le message est bien passé.

35

Dans la cour, je lui ai demandé :

— T'as eu mon message ?

— De quoi tu me parles ?

— Je te l'ai envoyé dans la nuit par télépathie.
Je disais : vas-y, grande sœur, on va gagner.

— Non mais t'as quel âge ? Tu crois encore à ça ?

Je n'ai pas répliqué. Je ne voulais pas que Delphine me tire les cheveux pendant l'interclasse. Mais
je voyais qu'elle ne tournait pas rond. Elle m'a dit :
« On ne va pas abandonner. On n'a qu'à payer un
gangster pour tuer Pierrette ou bien la faire kidnap-
per par la mafia. »

Le problème de Delphine, c'est qu'elle regarde
trop la télé. Parfois, ça lui monte à la tête. Elle adore
les séries et les films d'action. Mais ce qu'elle préfère, c'est *SOS enfants perdus*. D'un coup, elle s'est
arrêtée. Elle m'a dit :

— Tu te souviens de l'épisode 21 ?

— Celui des demi-frères corses ?

— Non, celui des enfants battus.

J'ai regardé Delphine. Et, avec ou sans télépathie, je comprenais ce qu'elle me disait. Je revoyais l'épisode dans ma tête. Delphine voulait qu'on aille à la police dénoncer Pierrette pour coups et blessures.

— Je pourrais montrer ma cheville et elle finirait dans une prison pour femmes. Les pires.

Je comprenais le désespoir de ma grande sœur, mais nous n'allions pas, nous-mêmes, risquer la prison pour faux témoignage. C'est alors qu'à mon tour j'ai eu une idée :

— Tu te rappelles du Petit Poucet ?

— C'est dans quelle série ? m'a demandé Delphine.

— Non, c'est dans un livre.

— Ah oui, bien sûr.

J'ai froncé les sourcils, j'ai compté jusqu'à huit pour enclencher la télépathie. Comme rien ne se passait, je lui ai expliqué que, pour que papa et maman se remettent ensemble, il fallait qu'on sème nous aussi des petits cailloux, des souvenirs heureux que papa avait eus avec maman. Il tomberait dessus chez Pierrette. Il en aurait les larmes aux yeux et il rentrerait à la maison.

Delphine a dit :

— Mouais, pourquoi pas ?

Ce que j'ai traduit par : « À essayer de toute urgence. »

36

Dans la cour, Ferdinand discutait avec Charlene, la fausse copine de Delphine. Pourtant, elle n'était pas du genre à parler avec quelqu'un d'un an de moins qu'elle. En plus, Ferdinand ne connaissait même pas ma sœur. Delphine a un principe là-dessus : chacun ses copains. Elle dit que si un jour on se fâche, on aura toujours un copain ou une copine à qui parler. Je me suis fait aussi petit qu'un moineau, j'ai sautillé sur une jambe pour parfaire mon camouflage et je suis allé écouter derrière un arbre.

— Alors, comme ça, t'es copain avec Simon, le frère de Marie-Neige ? a dit Charlene.

— Ce n'est pas son frère. Simon est le frère de Delphine.

— Ah oui, mais alors comment ça se fait qu'il dorme chez Marie-Neige ?

— C'est parce que…

J'ai arrêté d'être un moineau. Derrière mon arbre, j'ai pris une grosse voix d'homme.

— Ferdinand, ne parle pas à cette concierge !

Charlene est partie en courant. J'ai expliqué à Ferdinand que je n'avais rien contre les concierges, mais que j'avais tout à craindre de Charlene. Elle s'était lancée dans un journal pour l'école : *Pia-Pia Magazine — le journal qui en dit trop.* Elle voulait s'inspirer des hebdomadaires sur la vie des stars. Si elle arrivait à nous compromettre avec Marie-Neige et Porcinet, elle ferait un numéro spécial.

— Tu ne lui as rien dit, j'espère ?

Ferdinand s'est pincé les lèvres et s'est écrasé le pied gauche avec le droit.

— Sur toi, non. Mais maintenant elle sait que mes parents s'engueulent tout le temps.

— J'essaierai de rattraper le coup avant qu'elle publie l'information.

En attendant, j'avais des souvenirs à ramasser chez maman.

37

Je suis arrivé dans le salon, l'album photo dans les mains. Maman m'a pris sur ses genoux. On s'est affaissés tous les deux dans le canapé trop mou. D'habitude, je n'aime pas regarder les photos. Il y a toujours plein de cousins que je ne connais pas et qui sourient bêtement. Mais là, maman et moi, on s'est arrêtés sur les vraies photos de famille avec Delphine qui fait la débile, moi le clown et elle qui est très belle. Je voulais que maman m'indique sa photo préférée, pour la semer chez Pierrette. Quand elle est tombée dessus, elle s'est mise à trembler. Une photo au zoo. Dessus, Delphine me tire les cheveux, tout le monde sourit et moi je grimace de douleur.

— Comme tu es beau sur cette photo ! Tu es à la fois grave et calme, m'a dit maman.

Maman me trouve toujours magnifique sur les photos immondes. J'ai refermé l'album, je tenais ce que je voulais. J'étais sûr que papa l'aimerait aussi. Par contre, je n'étais pas sûr qu'une photo suffirait.

Delphine dit toujours que ce qu'il y a de séduisant chez une personne, c'est son odeur. Moi, par exemple, je sens la pomme à cause de mon shampooing. Maman met du parfum à la fleur d'oranger, elle sent la crêpe. Pour ramener papa à la maison, je devais semer son parfum chez Pierrette. Papa suivrait son odeur jusqu'ici et le piège des bonnes senteurs se refermerait sur lui.

Pendant que maman regardait le programme télé, je suis allé dans la salle de bains lui voler son parfum.

38

Le matin, j'ai tout de suite vu que Delphine était bizarre. Elle ne me regardait pas dans les yeux. Elle avait dû découvrir quelque chose chez Pierrette. Le carnet de Marie-Neige ? Peut-être.

— Alors, quoi de neuf chez les débilos ?

— Oh, rien, ça va.

— T'es sûre ?

— Oui, ça va.

Elle me parlait comme un gros mollusque tout mou. J'en avais déjà vu de semblables dans un épisode de *SOS enfants perdus*. Il s'agissait d'un garçon tout déprimé parce que son père était un criminel et que tout le monde l'avait appris. Du coup, il s'était mis à manger des chips toute la journée et on l'appelait Chipsi. Delphine ne pesait pas lourd, mais elle avait le même regard que Chipsi : un œil triste et l'autre doux. Que lui avait-on fait chez Pierrette ?

– T'as trouvé la clef?

– Laquelle?

Les yeux de Delphine ont fait un grand tour sur eux-mêmes. Je suis peut-être le plus petit, mais je ne suis pas le plus bête. Je reconnais quand ma sœur ment. Sa façon de rouler les yeux dans tous les sens ne trompe pas. J'ai fait comme si elle n'avait rien dit et je suis allé rejoindre Ferdinand. Comme je voyais qu'il était en train de se manger un doigt, je lui ai demandé ce qui n'allait pas.

– Mes parents se sont encore engueulés.

– Ah, ils s'engueulent souvent?

– Chaque fois qu'on déménage.

– Pourquoi ils déménagent, alors?

– Parce qu'ils pensent qu'en déménageant ils ne vont plus s'engueuler.

– C'est débile.

– Complètement.

Je suis parti jouer au foot. Taper dans un ballon, ça fait du bien.

39

À la sortie, j'ai regardé ma sœur partir chez maman.
Moi, je suis rentré chez Pierrette, escorté par mon
petit troupeau. Comme ça faisait quelques jours que
je ne les avais pas vus, ils avaient beaucoup de choses
à me dire.

— Ce serait bien qu'un jour on aille chez ta
maman, a dit Porcinet.

— Oui, pour la rencontrer, a ajouté Marie-Neige.

— Delphine est déjà d'accord. Et toi, qu'est-ce que
t'en dis ?

Moi, je n'en disais rien tellement ça me paraissait
incroyable :

1. Qu'on puisse me poser la question.

2. Que Delphine ait donné une réponse.

3. Que ce soit celle-ci.

J'ai regardé mes pieds, ce que je fais quand je
réfléchis.

— Et vous ? Quand est-ce qu'on va voir votre papa ? j'ai demandé.

En voyant leurs têtes, j'ai cru que nous étions dans un épisode collector de *SOS enfants perdus*. Porcinet faisait une moue de petit chat et Marie-Neige avait tout l'air d'une petite fleur fanée. D'une voix suraiguë, elle s'est mise à crier :

— Ce n'est pas possible parce que papa est parti avec une autre !

— Oui, très loin, a ajouté Porcinet.

— On ne le voit qu'une fois par an, alors tu vois.

Dans ma tête, je pensais que leur papa devait être quelqu'un de bien. Cet homme avait quitté Pierrette et ses monstres. Je l'admirais. J'avais très envie de rencontrer ce monsieur pour le féliciter.

40

Le grand calme chez les coinços. Papa lisait le journal et Pierrette arrosait les plantes. Je les ai salués et je suis allé dans mon couloir. Je commence à l'aimer. Il est pratique. Dès que quelqu'un approche, je peux faire mine de me diriger vers une chambre. À côté, Porcinet et Marie-Neige s'engueulaient à leur façon :

— Tu n'es pas gentil.

— Toi non plus.

— Je n'aime pas tes perles !

— Et moi, je n'aime pas tes voitures !

Dans ma poche, je triturais la photo que maman avait choisie. J'ai croisé les doigts sur l'image, j'ai bloqué ma respiration et j'ai compté jusqu'à trois. J'ai réfléchi à l'endroit où je pouvais la mettre. Le canapé serait une très bonne place. Avant ça, j'ai fait un tour dans la chambre de Porcinet pour enfiler un pyjama. Normalement, je n'en porte pas, mais, pour mon plan, il le fallait. Je savais que si je me pointais tout habillé sur le canapé du salon, Pierrette me dirait d'aller voir ailleurs. Par contre, chasser un petit garçon en pyjama d'un canapé, même chez des tortionnaires, ça ne se fait pas.

— Tiens, déjà prêt pour le dodo? m'a dit papa.

Gagné. Il me parlait comme si j'avais quatre ans et demi. J'ai hoché la tête vers Papounet. J'ai sorti la photo d'une de mes poches et je l'ai coincée dans une fente, entre deux coussins. J'ai refait le coup du «petit fatigué». Je lui ai fait signe d'approcher. Il s'est assis à mes côtés pour un câlin et il a repéré ce que je voulais qu'il voie.

— Oh mais qu'est-ce que c'est que ça? Une photo avec maman, dingue! Qu'est-ce qu'elle fait là?

— Je ne sais pas, j'ai dit.

J'attendais que papa prenne la photo, la mette dans sa poche et parte la regarder en cachette dans le couloir. Mais, à la place, il a crié:

— Pierrette! Viens voir, c'est amusant!

— Oh, dis donc, t'en fais une tête, m'a dit Pierrette!

— C'est parce que Delphine me tire les cheveux, j'ai dit.

– Vous êtes dans un zoo, c'est ça ?

Je ne lui ai pas répondu. Ma pomme d'Adam s'est bloquée à nouveau. Pendant que Pierrette disait à papa combien il était photogénique, je suis retourné dans mon couloir. Papa n'avait pas dit un mot sur maman, je crois qu'il ne l'aime vraiment plus.

41

— C'est bizarre, ça sent la crêpe, a dit Porcinet.

— Tu trouves ? j'ai dit.

Les yeux tout collés, je me suis rendu dans la cuisine. J'avais faim et j'aime bien les crêpes.

Sur la table, il n'y avait pas assez de pain pour nourrir un pigeon et aucune crêpe à l'horizon. J'ai fusillé Porcinet du regard.

— Je te jure, y en a quelque part !

— Ah bon, elles sont où, alors ?

— Je ne sais pas, c'est par là que ça sent.

Porcinet s'est approché de moi et m'a reniflé.

— C'est toi qui sens la crêpe !

J'ai rougi. J'avais dormi avec le parfum de maman sous mon oreiller. Il s'était renversé.

— Approche, a dit papa. C'est vrai que tu sens la fleur d'oranger. Comme c'est mignon ! Alors, on emprunte le parfum de sa maman pour venir chez son papa ?

J'ai encaissé. Papa agissait comme s'il avait tout compris. Pour me punir, il m'humiliait devant sa nouvelle famille. Je suis resté très digne. J'ai mangé mon bout de pain rassis en silence.

42

Dans la cour, j'ai tout raconté à Delphine.

— Ah bon ? Ben, c'est pas grave, ne t'énerve pas, ça va, c'est cool, elle m'a dit.

— Comment ça ? C'est cool ! ?

— Mais oui, ça finira bien par s'arranger. Tu sais, tu devrais penser à autre chose. Ne te laisse pas démoraliser.

— Mais notre pacte ?

— Quel pacte ?

— Celui qu'on a conclu : ramener papa chez maman, tu te rappelles ?

— Ah oui, celui-là. Écoute, tu ne crois pas que papa et maman sont assez grands pour se débrouiller tout seuls ?

Je n'ai rien dit. J'ai regardé ma grande sœur rejoindre sa fausse copine Charlene. D'un geste de la main, Delphine a mis ses cheveux en arrière. Je

connaissais ce geste, maman faisait le même. Ma
sœur jouait à la grande qui n'a plus besoin de personne.

Derrière moi, Ferdinand s'est approché.

— Ça y est, je crois qu'ils veulent qu'on redé-
ménage.

— Hein ?

— Mes parents. Ils veulent qu'on parte à nouveau.
Ils n'arrêtent pas de s'engueuler.

— Ah bon ? Mais c'est quand que vous démé-
nagez ?

— Je ne sais pas, le temps qu'ils trouvent un nouvel appart.

Perdre sa sœur et son meilleur ami dans la même
matinée, ça fait beaucoup.

J'ai couru me cacher derrière un platane de la
cour. Ça vaut presque le couloir de chez Pierrette.

43

Je suis resté là un long moment. J'ai repéré une colonie de fourmis au pied de mon arbre. Je me suis demandé s'il y avait des belles-mères chez les fourmis. Dès que j'en voyais une qui me rappelait Pierrette, je me retenais de l'écraser. Delphine, elle, n'aurait pas hésité à ma place. Mais je ne suis pas comme elle, heureusement pour les fourmis.

44

Maman a allumé la télé. Nous avons regardé *SOS enfants perdus*. Un nouvel épisode intitulé « Trahison familiale ». Une histoire abracadabrante dans laquelle personne n'est celui qu'on croit, où même le chat du voisin est un chien déguisé.

— J'ai parlé avec ta sœur, hier. Apparemment, elle est contente chez Pierrette. Et toi, ça va, mon poussin ?

— Simon, je m'appelle Simon, je ne suis pas ton poussin. Et non, je ne suis pas content !

— Ben mon petit chat, qu'est-ce qui t'arrive de parler comme ça ?

Le petit chat a détalé comme un lapin. J'ai claqué la porte de ma chambre et je me suis lancé dans une grande cérémonie :

Télépathie et poudre magique à la fraise. Je suis monté sur le lit de Delphine. J'ai jeté de la poudre magique dans ses draps, j'ai froncé les sourcils, j'ai compté jusqu'à huit et j'ai dit dans ma tête : «Delphine, grande sœur chérie, je t'en prie, reste avec moi.» J'espérais que ça marcherait. Maman est venue me dire bonsoir. J'ai plongé la tête dans mon oreiller. Je suis l'homme de la famille, je n'ai pas le droit de me faire consoler.

J'ai fait un cauchemar éveillé. Les pires. Je voyais Delphine parler pendant des heures dans la chambre de Marie-Neige et elles riaient toutes les deux comme des sœurs.

Je me suis souvenu de la théorie de Delphine : à force de penser au pire, ça finit par arriver. Je me suis vite endormi pour que le pire n'arrive pas.

45

En classe, j'avais l'impression d'être à nouveau comme dans le couloir de chez Pierrette. Je voyais tout le monde et personne ne me voyait. J'inventais un nouveau jeu : le « Ferdinand ». Une feuille de papier roulée pour me faire une longue-vue, que je braquais sur mon copain Sardine. Je lui disais tout bas : « Déménage ? déménage pas ! déménage ? déménage pas ! » Chaque fois que je prononçais le mot déménage, Ferdinand disparaissait. Il suffisait de fermer un œil, c'était très simple.

— C'est pour faire avancer la science ? a demandé Mme Matton.

Comme je me croyais invisible, je n'avais pas compris qu'elle s'adressait à moi. Pourtant, avec ma longue-vue, j'ai aperçu toutes les têtes de la classe se tourner dans ma direction.

— Tu te crois encore au CP ? Tu veux y retourner, peut-être ? elle m'a dit.

De petits rires sadiques se sont élevés. Le seul qui ne riait pas, c'était Ferdinand. Je me suis concentré pour rester invisible. La méchanceté de Mme Matton me traversait, elle ne me touchait pas. Je lui souriais. Elle ne pouvait rien me reprocher.

Dans l'escalier qui menait à la cantine, Delphine aussi a cru que j'étais dans le couloir de chez Pierrette. Elle ne m'a même pas regardé.

— Salut, j'ai dit.

— Ah oui, salut.

— Ça va ?

— Mais oui, ça va ! Pourquoi tu me le demandes ?

— Je ne sais pas, comme ça.

— Si tu ne sais pas, ne demande pas !

Delphine avait l'air aussi agacée que si je lui avais demandé de me prêter son lit. J'ai baissé la tête. Je comprenais pourquoi elle me comparait à un saint-bernard. Même quand elle m'agressait, j'essayais tout de même de l'aider.

Je commençais à me faire du souci pour la clef du tiroir où Marie-Neige cachait son carnet. Quand je lui en avais parlé, Delphine avait prétendu ne pas comprendre, mais je savais qu'elle mentait. Elle avait déjà dû lire le carnet de Marie-Neige. Je devais remonter la piste, prendre la clef et trouver son carnet.

Une fois encore, j'ai agi de nuit. Sur la pointe des pieds, je me suis glissé dans la chambre de Marie-Neige. Dans ma poche, j'avais un aimant hyperpuissant, acheté « chez Momo chez pas cher ». Je l'ai sorti, je l'ai penché vers son oreiller et j'ai attendu que la clef se colle à l'aimant. Il faut que j'arrête de regarder la télé. Ça ne marche pas dans la vraie vie. Marie-Neige dormait profondément, mais je savais que, si je glissais ma main sous sa tête, j'allais la réveiller. J'ai opté pour la formule magique de Delphine : « Plus c'est gros, plus ça marche. » J'ai secoué l'épaule de Marie-Neige et j'ai dit :

— Excuse-moi, tu peux soulever ta tête ? j'ai un truc à prendre sous ton oreiller.

— Si tu veux, mais ne fais pas de bruit.

Je n'en ai pas fait, et elle s'est rendormie.

Je suis allé directement à son bureau. J'ai ouvert le tiroir et j'ai sorti son carnet rose en forme de cœur.

Je l'ai lu dans le couloir.

J'ai tremblé. À l'idée d'être découvert et à l'idée de ce que j'allais découvrir. Je savais que Delphine l'avait déjà lu, sinon pourquoi m'aurait-elle menti ? J'ai parcouru les premières pages. Marie-Neige parlait de perles. Elle préférait les ovales aux rondes, les colorées aux nacrées. Finalement, elle ne parlait que de ça : « Comment rincer les perles, les aplatir, percer des trous pour en faire des colliers. » J'ai bien cru que j'allais m'endormir sur place. Pas un mot sur son frère Porcinet ni sur Pierrette. Rien. Que des perles à longueur de pages. Il y en avait même de dessinées. Au bout d'un moment, j'ai cru que je m'étais trompé. J'étais idiot. Les changements de ma sœur n'avaient rien à voir avec le carnet de Marie-Neige. Delphine changeait parce qu'elle grandissait. De toute façon, depuis qu'elle était petite, elle répétait qu'un jour elle serait aussi sage que les moines shaolin qu'elle voyait à la télé. Ma sœur était devenue maître zen, elle se fichait que papa soit avec une vache et que maman soit seule au monde.

C'est alors que, entre toutes ces pages qui ne parlaient que de perles, j'ai lu :

« Ils sont arrivés. Un tout petit qui s'appelle Simon et qui a l'air bête. Et Delphine, une fille magnifique qui a l'air très intelligente. »

Puis, plus tard :

« J'aime parler la nuit avec Delphine, elle me racontes ses "trucs", et moi je lui dis des "choses". »

Et encore :

« Delphine est très belle, c'est mon modèle. Simon, lui, reste toujours dans le couloir. Il est bizarre, Simon. »

Enfin :

« Delphine est comme ma sœur. J'espère qu'elle m'acceptera et qu'elle me fera une place dans son cœur. »

Le carnet de Marie-Neige m'est tombé des mains. Je me suis mordu le poignet pour ne pas hurler. Ma sœur, ma gentille sœur chérie trahissait notre pacte, parce que cette débile de Marie-Neige la flattait. Delphine avait trouvé mieux qu'une sœur chez Pierrette : une fan. Je comprenais maintenant pourquoi elle n'était plus si pressée de revoir papa chez maman. Elle s'était trouvé une nouvelle famille, une nouvelle maison. Mais, dans la vie, il faut choisir son camp. J'ai remis la clef sous la tête de Marie-Neige, en procédant comme avant.

J'ai arrêté papa devant la porte d'entrée pour lui dire :

— J'aimerais mieux faire une semaine chez Pierrette, une semaine chez maman. Et puis, c'est plus pratique pour les devoirs, les affaires de classe et les affaires tout court.

J'avais remarqué que papa se laissait souvent convaincre par des arguments pratiques.

— Oui, ce n'est pas bête, m'a dit papa. Mais Delphine, tu crois que ça lui ira ?

— Sûrement, elle adore venir ici.

Je me suis rongé un ongle, si Delphine restait une semaine entière seule chez Pierrette, cela voudrait dire qu'à mon tour moi aussi. Au moins, je ne verrais plus maman comme un saucisson. Par tranche, un jour sur deux.

— Bien, je vais en parler à ta sœur, à ta mère, à Hervé et à Marie-Neige, et nous verrons.

— Je croyais que c'était toi qui commandais.

— Bien sûr que c'est moi.

Je connaissais papa. Si je lui disais qu'il était le chef, il ne pouvait rien me refuser. Il m'a fait un sourire de grand Sioux pour me dire : «Je vais arranger ça. »

Marie-Neige et Porcinet sont venus me rejoindre pour partir à l'école. Je leur ai dit que je voulais essayer un raccourci. Je les ai laissés sur place.

48

J'avais deux trains d'avance. Delphine ne savait pas que j'avais lu le carnet de Marie-Neige et qu'en plus je savais qu'elle l'avait lu, elle aussi. Elle continuait à me snober, mais elle avait du mal à cacher sa nouvelle amitié de traîtresse. Marie-Neige se tenait à distance réglementaire. Delphine maintenait toujours ses sujets trois mètres derrière elle. Mais j'observais leur manège. J'étais sûr que le soir venu Marie-Neige lui dirait à quel point elle « bougeait » bien et même comme elle aimerait lui ressembler. L'influence de ma sœur peut être terrible. Moi-même, quand j'étais plus petit, elle avait exigé que je porte les cheveux longs pour pouvoir jouer avec moi comme avec un poney. Elle me disait : « Tu as une belle crinière, petit poney » et je ne devais rien dire. Cette fois, Delphine avait dépassé les bornes. Elle laissait tomber maman pour Marie-Neige. Je ne pouvais pas la laisser faire. Je devais écarter Marie-Neige de Delphine. Une seule solution : rendre publique leur relation. Ma sœur ne supporterait pas qu'on l'accuse de traîner avec une jupe-plissée.

J'ai donné une interview exclusive à sa fausse copine Charlene. Je lui ai dit que si elle laissait tranquille mon copain Ferdinand, j'étais prêt à répondre à un numéro « Spécial-ma-sœur ».

— Vas-y, je t'écoute.

— Pose-moi des questions.

— Est-ce que ta sœur couche ?

— Ben oui.

— Ah bon, mais avec qui ? !

— Ben avec Marie-Neige. Elles dorment dans la même chambre ! Elles ne se quittent plus.

Formidable, on va titrer : « Marie-Neige, la sœur cachée de Delphine. »

— Je voulais juste donner une leçon à Delphine et lui faire comprendre que moi aussi j'avais lu le carnet de Marie-Neige. Je suis allé rejoindre Ferdinand. Delphine avait raison avec sa théorie de « chacun ses copains ». Au moins, j'avais quelqu'un à qui parler.

J'ai annoncé la nouvelle à maman, mais elle était déjà au courant. Papa l'avait appelée. J'avais le droit à une semaine seul avec elle. Je me suis dit que j'allais tomber malade et me faire dorloter. Pas d'école, pas de Delphine. Je ne voulais plus la voir. Pour tomber malade, j'ai avalé tous les restes du frigo. Une technique extrême que m'avait apprise ma traîtresse de sœur. Mais maman m'a dit :

— Tu te gardes tout seul ce soir. Je sors.

— Tu vas où ?

— Je dîne avec une amie.

— Qui ?

— Tu ne la connais pas… Michelle.

— C'est qui ?

— Je te l'ai dit, une amie. T'as le droit de regarder la télé. Allez, bisous, je fonce.

J'ai entendu la porte claquer et je suis resté seul dans l'appartement. Chez maman aussi, il y a un couloir. Je l'ai emprunté et j'y suis resté un moment. Si Pierre était Pierrette, Michelle pouvait très bien être Michel. Autrement dit, un garçon. Je voulais appeler les urgences, parler à ma sœur. Lui demander quoi faire.

La première soirée seul de ma vie était également la plus triste. J'ai regardé un peu de *SOS enfants perdus*, un épisode intitulé «Le drame de la Pentecôte». J'ai éteint au milieu, j'avais trop peur. Je commençais à avoir mal au cœur. Je suis resté allongé sur le canapé en attendant que maman revienne. Mais celle qui me manquait le plus était Delphine. Jamais je ne m'étais senti trahi à ce point. Je l'imaginais enfiler des perles avec Marie-Neige et regarder les modèles réduits de Porcinet. Comment avait-elle pu me faire ça? J'ai décidé de ne pas tomber malade et de sauver la situation. Je devais récupérer ma sœur.

50

J'ai entendu des rires au milieu de la nuit. C'était pire que ce que je pensais. Michelle n'était pas Michel mais Pierre-Michel. Un grand gaillard au visage rond et aux lunettes carrées. Il m'a réveillé alors que je m'étais endormi tout habillé sur le canapé.

— Alors, c'est toi Simon ? Tu sais, ta maman m'a beaucoup parlé de toi.

Je l'ai fixé l'air de dire : « Pas de ça avec moi, je connais tous les épisodes de *SOS enfants perdus* par cœur. "Ta maman m'a beaucoup parlé de toi" signifie : "Regarde-moi, je vais être ton nouveau papa." » Si Delphine avait été là, nous serions allés dans la cuisine prendre des fourchettes pour les mettre sur toutes les chaises de la maison. Le nouvel invité se serait piqué les fesses chaque fois qu'il aurait essayé de s'asseoir. Mais ma sœur n'était pas là et moi je me sentais trop petit face à ce monsieur que je ne connaissais pas. Qu'est-ce que foutait ce type chez moi ? Papa m'avait prévenu : désormais c'était moi l'homme de la famille. Nous n'avions pas besoin d'un Pierre-Michel chez nous. Je devais avoir l'air très mécontent parce que maman semblait gênée. Elle a dit :

— Bon, Pierre-Michel va rentrer chez lui et nous, on va se coucher, mon poussin.

— Oui, voilà. Au revoir, monsieur, j'ai dit.

Il m'a frotté les cheveux comme tous les adultes lorsqu'ils sont plus grands que vous et qu'ils n'ont rien à vous dire. J'ai fait un demi-sourire. Et je l'ai laissé partir. Maman a dit :

— Il te plaît ?

J'ai cru un moment qu'elle me parlait de son pull, mais, quand j'ai vu qu'elle regardait la porte, j'ai su qu'elle parlait de Pierre-Michel. Au moins, maman ne faisait pas comme papa, elle me demandait mon avis. Seulement, je ne sais pas pourquoi, cela me gênait. J'ai dit :

— Il a l'air grand.

Maman m'a souri. Elle a voulu me porter comme son petit, sauf que j'avais grandi. Je suis parti à pied dans ma chambre et j'ai claqué la porte.

51

Delphine tournait autour de moi, mais je m'en fichais. J'ai pris un air dégagé et j'ai appelé des prénoms au hasard. J'avais appris à faire ça à l'école. Quand on se sent vraiment seul, on appelle comme quand on veut recevoir la balle sur un terrain de foot. Ça donne l'impression d'être un chef de bande.

Ferdinand m'a répondu. Il s'est avancé vers moi, j'ai cru qu'il allait m'annoncer qu'il déménageait à nouveau, vu sa petite tête de moineau. La mienne ne devait pas être mieux parce qu'il a sifflé un air joyeux pour me réconforter. Il est drôle, Ferdinand, c'est mon meilleur copain et c'est celui à qui je parle le moins.

Une fois son air fini, il a voulu partir. J'ai tiré sur son pull pour qu'il reste. Je ne voulais surtout pas me retrouver seul dans la cour. Je souhaitais que Delphine le remarque. J'avais un message : «Je n'ai pas besoin de toi, traîtresse!» Et puis j'ai fait mon œil en coin. Celui qui dit: «Je sais des choses que tu ne sais pas.» Ma sœur me connaît, elle a voulu en savoir davantage, mais j'ai disparu. Je suis allé rejoindre sa fausse copine Charlene.

52

Elle était embêtée, Charlene. Elle s'est approchée de moi et elle m'a tendu son magazine. Le papier était brillant comme ses chaussures. J'ai lu la une :

« Michael le travesti des toilettes a encore frappé. »

– Qu'est ce que c'est que ça ?

Charlene m'a dit qu'elle avait surpris Michael, un CM2, en tutu rose. Elle n'était pas sûre que c'était un tutu ni qu'il était rose, mais elle comptait le découvrir en rendant l'information publique.

– Et Marie-Neige, la sœur cachée de Delphine ?

– J'ai laissé tomber. Tu sais, l'info, ça va vite. C'est déjà dépassé.

J'ai tourné les pages de *Pia-Pia Magazine*, dans l'espoir de trouver quand même quelque chose.

Rien. J'ai juste appris que Lucas Leconte n'avait pas changé de jogging depuis le début de l'année, que les jumeaux Wilfried étaient des faux et que Sarah Legat avait une dent pourrie – photos à l'appui. Quant à mon horoscope, il disait : « Foncez, les astres sont avec vous. »

Même si je m'étais promis de ne plus lui parler de la semaine, je suis allé voir ma sœur pour lui dire en direct ce que j'aurais voulu qu'elle apprenne par voie de presse :

– Traîtresse !

Delphine a ouvert la bouche et n'a sorti aucun son.

Elle avait compris que j'étais au courant pour elle et Marie-Neige. Elle pouvait toujours essayer de me demander pardon. C'était trop tard.

– Passe le bonjour à papa, j'ai ajouté.

J'ai cru un instant que Delphine avait une pomme d'Adam. J'ai vu une petite boule se former dans sa gorge et une petite larme couler aux bords des yeux. J'ai failli me laisser avoir. Mais je connais Delphine, c'est une comédienne hors pair, prête à fondre en larmes pour une tartine de Nutella. J'ai fait comme elle, j'ai entrouvert la bouche et je n'ai rien dit ; je n'allais pas lui parler de Pierre-Michel, le nouveau copain de maman, elle le découvrirait elle-même quand ce serait sa semaine.

Je suis remonté dans ma classe, elle dans la sienne. Chacun de son côté.

53

La semaine chez maman est passée vite. J'ai mangé,
regardé la télé et pleuré dans mon lit. Pierre-Michel
est venu tous les soirs à la maison.

Maman m'a dit :

— À la semaine prochaine, petit chat.

Je me suis laissé embrasser et je suis parti chez papa. Sur la route, j'ai croisé Delphine. Elle portait un sac à dos beige, moi un bleu. On s'est arrêtés parce qu'on avait l'air de deux randonneurs au milieu de la rue. On est allés s'asseoir sous un Abribus. Delphine m'a dit :

— J'ai l'impression qu'on se fait avoir.

J'étais d'accord avec elle, mais ça ne servait à rien de le dire. J'étais le plus petit et j'avais l'impression d'être le plus grand en ne lui répondant pas.

Nous avons regardé les voitures en silence. Delphine comptait les rouges et moi les grises.

— Vingt-sept, j'ai dit.

— Quatorze pour moi.

Delphine s'est levée et elle m'a dit :

— Excuse-moi pour Marie-Neige.

J'avais l'impression qu'elle s'excusait pour tout ce qu'elle m'avait fait comme mal depuis que je la connaissais. Je lui ai pardonné. Je suis un saint-bernard.

Porcinet m'avait confectionné une banderole au-dessus de mon lit : « Bienvenue chez toi. » Marie-Neige m'a accueilli avec de petits gâteaux aux raisins secs et papa m'a serré dans ses bras.

— Bienvenue, mon fils ! Pose ton sac, on va au zoo.

Pierrette tenait son appareil photo dans la main. Elle me faisait des clins d'œil en disant « clic-clic » toutes les trois secondes. La déprime. J'ai pensé à Delphine qui avait enduré une semaine entière avec la famille débilou. Je devais tenir. Accepter d'aller au zoo comme lorsque j'avais cinq ans et que maman nous prenait en photo avec Delphine et papa.

Nous sommes montés dans la voiture grise de Pierrette. Elle nous a entassés à l'arrière. J'avais le coude de Porcinet dans mes côtes et très envie de le jeter par la fenêtre. Papa lançait des coups d'œil dans le rétroviseur. Il surveillait sa petite famille. Je n'avais pas l'impression d'en faire partie. Pierrette s'est garée.

– Terminus, tout le monde descend! a dit papa.

– Direction les gorilles, a ajouté Pierrette.

– Ouga-ouga, a fait Porcinet

– Rrr-rrr, a grogné Marie-Neige.

Moi, j'étudiais les sorties de secours au cas où je craquerais en plein milieu de la visite. J'avais le sentiment d'être en cage. Pierrette et papa alternaient blague - clin d'œil - blague - clin d'œil. Ils nous montraient qu'ils étaient heureux. Moi, je signalais que je n'étais pas content. Je ralentissais la marche en traînant des pieds. Porcinet s'est arrêté pour regarder les babouins, ses copains les gratte-cul. Ils étaient plus marrants à voir que lui, ils sautaient haut et bougeaient vite. Moi, j'étais intrigué par un moineau qui tournait autour d'un type. J'ai souri. Je reconnaissais ce type : Ferdinand Sardine. J'ai lâché mon groupe et je l'ai rejoint. Ses parents étaient derrière lui. Ils avaient l'air ravis de rencontrer un ami de leur fils.

– Alors, comme ça, c'est toi, Simon?

J'ai tourné la tête pour voir s'il n'y avait personne derrière moi.

– Oui, j'ai dit.

– Tu viendras nous voir quand on aura déménagé.

Je le sentais, Ferdinand allait partir, changer de classe, d'école, et je n'allais plus jamais le revoir. Ils n'avaient pas le droit de me faire ça. Je me suis souvenu d'un épisode de *SOS enfants perdus* dans lequel Madeleine, une assistante sociale, déconseillait à des parents de déménager pour la santé de leur enfant. Je voulais faire comme Madeleine mais les parents de Ferdinand mesuraient chacun au moins un mètre de plus que moi. Je ne pouvais pas lutter. Et puis je ne les connaissais pas, ils m'intimidaient. Ferdinand a senti que je vacillais. Il m'a dit :

– Ne t'inquiète pas, on ne va pas loin. On déménage à deux rues.

Ce qui revenait à me dire : « Ne t'inquiète pas, je reste dans la même classe que toi, à la même table. » J'aime bien Ferdinand. Il évite d'être trop tarte à la crème, même quand il y a de quoi. J'ai entendu un éléphant barrir et Pierrette qui m'appelait pour regarder les autruches.

56

Elles avalent tout et n'importe quoi, ces bêtes-là. Surtout des cailloux. Je les aime bien. Elles sont comme moi. Je suis souvent prêt à tout gober, surtout quand c'est Delphine qui me parle. Mais, là, je n'y croyais pas. Maman, Pierre-Michel et Delphine avançaient dans l'allée aux babouins! Delphine se tenait comme moi, cinq mètres derrière tout le monde. Elle jouait au foot avec un morceau de bois. Je crois qu'elle essayait de viser Pierre-Michel. Elle ne m'avait pas encore vu, c'était peut-être notre chance. Papa et maman au zoo, comme quand on était petits et qu'ils nous prenaient en photo. Ils allaient tout pouvoir recommencer. On allait les aider.

57

Devant l'ours blanc. C'est là qu'on s'est tous croisés. Avec Delphine, on n'était plus fâchés. On s'est collés l'un à l'autre. Porcinet et Marie-Neige se sont jetés sur notre maman.

– Bonjour, madame.

– Bonjour, les enfants, a dit maman.

Ils la regardaient comme s'ils s'attendaient à recevoir une récompense. Ils avaient des têtes de petits qu'on croise parfois dans les mariages avec des nœuds papillon. Des têtes à claques.

Papa s'est approché du cercle. Il a serré la main de Pierre-Michel avec un sourire entendu. Le même que celui des parents qui laissaient leur enfant aux mains de chirurgiens dans *SOS enfants perdus*. Le sourire «Je vous le laisse, prenez-en soin». Pierre-Michel a plissé les yeux comme pour dire : «Bien sûr, mon vieux.» Le problème, c'est qu'ils parlaient de ma maman. Devant ce spectacle ignoble, nous devions réagir. J'ai dit :

— Papa, maman, vous nous offrez une gaufre ?

Chaque fois qu'on allait au zoo ensemble, c'était un rituel. La gaufre au chocolat.

— Bien sûr, a dit papa, tenez. Achetez-en aussi pour vos frère et sœur.

Delphine a ressorti ses yeux de la guerre, moi aussi. Il fallait qu'il comprenne une fois pour toutes que Porcinet et Marie-Neige ne seraient jamais nos frère et sœur. Delphine a pris sa main et moi celle de maman et nous les avons réunis en face du marchand de gaufre.

Devant les sucettes et les pommes d'amour, j'ai dit :

— On est bien, là, hein, papa ? hein, maman ?

Delphine m'a fait signe de la main de ne pas trop en rajouter. Pourtant, c'est elle qui a continué.

— Ça fait longtemps qu'on ne s'était pas vus tous les quatre.

Maman et papa ne nous répondaient pas. Ils tournaient la tête sans arrêt en direction des autres. J'en ai profité pour réclamer deux suppléments chantilly. Un pour moi, un pour Delphine. Je crois que le marchand n'avait jamais vu des enfants aussi tristes en attendant leur commande. Il a même demandé à nos parents si nous n'étions pas malades.

– C'est vrai que vous faites de drôles de têtes, a dit papa.

– Vous êtes tout blancs, a dit maman.

C'est que nous venions de découvrir une chose. Papa et maman ne s'étaient pas regardés, pas même une fois. Ils s'évitaient. Nous avions compris avec Delphine qu'il n'y avait plus rien à faire. J'ai offert à Porcinet ma gaufre et Delphine a laissé tomber la sienne. Pendant que tout le monde avait la tête vers le haut à regarder les girafes, nous sommes partis avec ma sœur.

58

Nous avons traversé le zoo en courant. Nous sommes passés devant les hippopotames, les lynx et les éléphants, les koalas et les orangs-outans. On s'est arrêtés dans un couloir, tout près des fauves. Il nous restait très peu de temps avant qu'ils essaient tous de nous retrouver. Alors, on s'est donné la main et nous avons conclu un nouveau pacte : face à papa, maman, Pierrette ou Pierre-Michel, nous nous sommes juré que nous serions désormais inséparables.

Du même auteur à *l'école des loisirs*

Collection Neuf

Mon frère est un singe
Rose
Les super-héros n'ont pas le vertige

Collection Chut !

Rose
lu par Sylvie Ballul

Pour aller plus loin avec ce livre

www.ecoledesmax.com

le site de votre abonnement